少年行 丹青引

京港青少年书写北京作品集

乔叶 主编

北京出版集团
北京出版社

图书在版编目（CIP）数据

少年行　丹青引：京港青少年书写北京作品集／乔叶主编. -- 北京：北京出版社，2024.6. -- ISBN 978-7-200-18792-2

Ⅰ．I217.1

中国国家版本馆CIP数据核字第2024PG1299号

少年行　丹青引

京港青少年书写北京作品集

SHAONIAN XING　DANQING YIN

乔叶　主编

*

北 京 出 版 集 团
北 京 出 版 社　出版

（北京北三环中路6号）

邮政编码：100120

网址：www.bph.com.cn

北京出版集团总发行

新 华 书 店 经 销

北京建宏印刷有限公司印刷

*

787毫米×1092毫米　16开本　15.25印张　150千字
2024年6月第1版　2024年6月第1次印刷
ISBN 978-7-200-18792-2

定价：88.00元

如有印装质量问题，由本社负责调换

质量监督电话：010-58572393

序 言

作为京港两地青少年书写北京活动的结集，本书收录的作品经过紧张而高效的征集和评选过程。征集启事发出后，收到各方的热烈反馈。北京市三帆中学、德胜中学、东直门中学、潞河中学等学校和北京市中小学校外教育学会等核心语文教研机构积极组织，广泛发动学生们参与，共收集数百篇稿件。经过评委老师的层层筛选，61篇精彩的文章入选本书。

这些文章从历史、人文、生活体验的方方面面，大视角、小情节，书写了孩子们眼中的北京生活，体现了孩子们眼中北京的质感、北京的温暖。在这些动人的描述中，人与北京的关系成为本书的重点。在古老而现代的都市中，新一代的北京孩子，有着更广阔的视野，他们热爱北京、注目世界，以世界的视角看待自己栖身成长的北京家乡。

本书中的每一篇文章，都有让人感动之处，那些来自赤子之心的热爱，有一种奋发昂扬而又温暖治愈的力量。如有一篇入选的文章，小作者写道："如今的我，想到北京，就不仅仅是北京，而是来自祖国四面八方的人们，他们的梦想、他们的努力、他们的代际传承，就像那部国漫《长安三万里》，盛唐的长安和今日的北京，何其相似。我们有幸站在时空的聚光灯下，生活在这伟大的北京城。我所生活的北京，是时空之中的北京，也是上下古今纵横三万里的北京；是北京人的北京，也是中国人的北京，是属于世界的北京。"

同样的治愈力也来自于香港的孩子，本次香港承办方香港集古斋，面向香港少年儿童，征集、评选出105幅优秀的绘画、书法、篆刻作品。透过他们精心创作的作品，我们可以感受到香港学生深厚的家国情怀、感受他们对于璀璨的中华文化的热爱，少年的心灵中，那颗热爱祖国的种子在蓬勃地生长。

少年行，万里路，始于足下；丹青引，江山多娇，笔墨为虹。在孩子们精彩纷呈的作品中，我们可以深切地感受到：无论北京还是香港，都是少年茁壮成长的沃土，也都镌刻着他们灿烂的青春记忆。这记忆承载着美好的梦想，在未来展翅飞翔。

乔叶

目 录

翰墨同抒北京情

乘京港地铁，圆环保梦想 01
侯竣梓　北京市第二十中学附属实验学校

传承 05
王宇童　北京市第十四中学

安居北京 09
梁济达　北京市宣武师范学校附属第一小学

故宫之美 13
汪映希　北京市三帆中学

故宫里的屋脊兽 17
曹一方　北京市三帆中学

胡同小院的四季 21
范芸溪　北京史家小学

情系遛鸟 25
宋孚涵　北京市三帆中学

爆肚：老北京的牵挂与情思 29
牛炳杰　北京市三帆中学

鼓楼的意蕴 33
刘诗琨　北京市三帆中学

我从胡同老宅读懂北京 37
杨思齐　北京市三帆中学

京彩瓷 41
许芷榕　北京市三帆中学

我读到的北京 45
李亦轩　北京市三帆中学

"稻香村"里读北京 49
朱笑婵　北京市三帆中学

北京，我的家 53
朱希乐　北京市三帆中学

寄情法海寺 57
朱晨溪　北京市第九中学

胡同里的一束光 61
王梓萱　北京市西城区德胜中学

京华鼓巷，追忆流年 65
王泓懿　首都师范大学附属中学

下一站　天安门东 69
郑诗祺　首都师范大学附属中学

雪中的那一抹红 73
朋致雍　首都师范大学附属中学

我在故宫当小讲解员 77
夏若菡　中国人民大学附属中学朝阳学校

在驼铃古道认识北京 81
隋雨奇 北京景山学校远洋分校

地坛的记忆 85
陈俊言 北京市东城区和平里第九小学

灯火可亲中关村 89
陈乐仪 中国人民大学附属中学分校小学部

捡栗子 93
许璟之 北京市三帆中学

北京三万里 97
张原野 北京市三帆中学

北京的庙会 101
郑林翼 北京市第一七一中学

雨中胡同 105
桑梓希 北京市东直门中学

来石景山上春山 109
陈紫涵 北京市第九中学分校

万物并育 共享美丽家园 113
王启文 北京亦庄实验小学

北京味道：炸酱面 117
李文心 北京市三帆中学

胡同里的京戏 121
李子昂 北京市三帆中学

我和北京的约定 125
刘若渊 北京市三帆中学

我的戏迷同学 129
朱家毅 北方工业大学附属学校

叫卖吆喝声 京城民俗情 133
齐梓彤 北京市三帆中学

情系四合院 137
张载堃 北京市三帆中学

行走在地坛 141
宋立京 北京市三帆中学

糖牛之美 145
浦航瑞 北京市三帆中学

古都新梦 149
李欣竹 中国人民大学附属中学分校

味道与风景的盛宴 153
张德 中国人民大学附属中学分校

我为北京中轴线申遗助力 157
邵筠悠 中国人民大学附属中学分校

一封"家"书 161
王子萌 中国人民大学附属中学分校

秋在京城的街头 165
欧皓涵 北京市西城区德胜中学

治水 169

殷晨宸　北京市密云区第五小学

"小水滴"守护密云水库 173

廖欣怡　北京市密云区溪翁庄镇中心小学

我心中独特的北京 177

李浩翔　北京市西城区德胜中学

北京——载着太空梦的城市 180

卢知琪　北京市海淀区翠微小学

夏日北京 183

宋天宇　北京市海淀区教师进修学校附属实验小学

我的大北京 186

张巍　北京市第十四中学

万宁桥的记忆 189

刘启圣　北京市第十四中学

大大的北京　小小的我 192

刘子衿　北京市第十四中学

古都 195

汪心怡　北京市三帆中学

幸福升级中 198

白语桐　北京市丰台区嘉佑小学

探访身边的高科技 201

耿瑞言　北京市丰台区嘉佑小学

05

胡同一夏 204
杨熙子　首都师范大学附属中学

冰糖葫芦 207
任博雅　首都师范大学附属中学

寻味燕山脚下 210
张语轩　首都师范大学附属中学

我爱未来北京 213
王芸淇　北京市通州区中山街小学永顺校区

我的北京"拾"光 216
张馨允　北京市景山学校远洋分校

糖墩儿的小故事 219
张郁芊　北京市西城区师范学校附属小学

我的家乡是北京 222
朱玥儒　北京史家小学

我眼中的北京 225
陈梓瑄　北京市朝阳区日坛小学

丹青共绘中国梦

鼓楼风光（绘画）03　赵蔚萱　北京

国泰民安（书法）04　武思彤　香港

陪伴（绘画）07　洪智皓　香港

香港明天会更好（篆刻）08　林赋天　香港

临窗观景（绘画）11　梁桐甄　香港

孤月（篆刻）12　苏安琪　香港

故宫雪景（绘画）15　庄岱诗　北京

隙日（篆刻）16　苏芳仪　香港

故宫脊兽（绘画）19　王羿橦　北京

杜甫诗两首（书法）20　敖靖嵛　香港

洋紫荆（绘画）23　潘茜堤　香港

林姗慧（篆刻）24　林姗慧　香港

故宫的庭院（绘画）27　王碧初　北京

葫芦虎（篆刻）28　陆法飞　香港

亮马河畔夜色（绘画）31　朱嘉一　北京

辛弃疾《永遇乐·京口北固亭怀古》（书法）32　陈梓君　香港

潮北京（绘画）35　赵熙媛　北京

我爱香港（书法）36　范洪铭　香港

山径入修篁（绘画）39　蔡若素　香港

谭嗣同《狱中题壁诗》（书法）40　冯文倩　香港

壬寅秋日（绘画）43　陈樑懿　香港

强国有我（书法）44　胡皓轩　香港

花间松鼠（绘画）47　黄子翘　香港

《千字文》（节录　书法）48　许源　香港

山前云中雁访松（绘画）51　陈希睿　香港

《千字文》（节录　书法）52　姜惠雯　香港

京城之脊：中轴线·广和楼（绘画）55　高翃玥　北京

元好问《龙门对》（书法）56　李承锟　香港

明城墙角楼与和谐号高铁（绘画）59　李厚德　北京

王维《鹿柴》（书法）60　梁文涵　香港

寸阴是竞　紫荆华盛（篆刻）63　吴骐宇　香港

苏轼《惠崇春江晚景》（书法）64　张敬荷　香港

祥瑞之兆：天坛（绘画）67　柳姝萱　北京

西泠薪火（书法）68　施彤彤　香港

08

天坛（绘画）71　王一越　北京

《千字文》（节录 书法）72　陈叶桉来　香港

我们的家（绘画）75　余玥因　香港

中国古训（书法）76　王紫宸　香港

我爱我的家乡（绘画）79　刘美彤　北京

老子《道德经》（节录 书法）80　游竣杰　香港

我爱北京（绘画）83　王翘楚　北京

苏轼《念奴娇·赤壁怀古》（书法）84　王宇晴　香港

元日（绘画）87　陈梓朗　香港

《香港回归祖国纪念碑文》（摘录 书法）88　沈泽桓　香港

源远流长（绘画）91　林健炜　香港

《论语》六则（书法）92　祝启诚　香港

国宝庆回归（绘画）95　区志聪　香港

甲骨文对联（书法）96　沈泽桓　香港

创作梦（绘画）99　苏乐晴　香港

晏如（篆刻）100　郭栢翘　香港

回归，回家了（绘画）103　苏乐晴　香港

《道德经》（节录 书法）104　许源　香港

李花松鼠（绘画）107　谢芷熵　香港

李白《横江词·其六》（书法）108　马盈慧　香港

多彩北京（绘画）111　胡可佳　北京

龙马精神（书法）112　林嘉泓　香港

不怕风浪 列队前行（绘画）115　余冠阅　香港

志安法师《绝句》（书法）116　苏芳仪　香港

海棠花（绘画）119　赖欣呈　香港

祖国万岁（书法）120　张宛菘　香港

戮力同心 奋楫笃行（篆刻）123　唐博涵　香港

纪念香港回归25周年（书法）124　温岚芝　香港

夏日桃花园（绘画）127　余定因　香港

李白《黄鹤楼送孟浩然之广陵》（书法）128　苏颖欣　香港

古城文脉之祈年殿（绘画）131　李祐锌　北京

苏轼《水调歌头·明月几时有》（书法）132　高阳　香港

轻舟已过万重山（绘画）135　郑正　香港

飞龙（篆刻）136　陆泫飞　香港

消夏图（绘画）139　李彦樑　香港

岳飞《满江红》（书法）140　高诗雅　香港

圆明园秋月（绘画）143　韩诺祺　北京

文倩（篆刻）144　冯文倩　香港

祈年殿初雪（绘画）147　郝宇航　北京

《孝经》（节录 书法）148　李谦伊　香港

泛舟（绘画）151　郑同　香港

李叔同《送别》（书法）152　杨逸悠　香港

一家亲（绘画）155　江卓蔚　香港

刘禹锡《陋室铭》（书法）156　蔡钰淇　香港

飞檐翘角在中轴 雨燕所到见龙首（绘画）159　周子艺　北京

范仲淹《渔家傲·秋思》（书法）160　周宇阳　香港

中西融合迎回归（绘画）163　钟婉婷　香港

施惠勿念（书法）164　张祐铭　香港

夜幕下的中央电视台（绘画）167　崔永淳　北京

杜甫《望岳》（书法）168　施伊漫　香港

我爱北京（绘画）171　庞熙林　北京

平安两字金（书法）172　李紫琦　香港

羚羊（绘画）175　冯俊华　香港

崔子玉《座右铭》（书法）176　林君熹　香港

绵延万里东方巨龙（绘画）179　秦一岚　北京

独特的香港（绘画）182　关韵希　香港

我爱北京（绘画）185　崔晏琪　北京

我爱北京（绘画）188　伍芸槿　北京

龙卧长城（绘画）191　王馨田　北京

紫荆盛放贺回归（绘画）194　何美姗　香港

香港景画（绘画）197　毕嘉琪　香港

京剧·青衣（绘画）200　黄子桐　北京

小提琴派对（绘画）203　许弈谦　香港

天坛（绘画）206　真雯熙　北京

快乐的猪（绘画）209　刘尚儿　香港

凌波仙子（绘画）212　湛沚桓　香港

祝福香港（绘画）215　朱羽恬　香港

两只猫（绘画）218　陈心悦　香港

兔儿爷（绘画）221　涂子涵　北京

北京梦（绘画）224　原野　北京

卢照邻《送幽州陈参军赴任寄呈乡曲父老》（书法）227　姚语璇　香港

乘京港地铁，圆环保梦想

侯竣梓　北京市第二十中学附属实验学校

　　晨光熹微，京城的早晨总是这般恬淡。我与小伙伴怀揣着对历史的敬畏、对自然的热爱，踏上了京港地铁四号线列车，直奔曾经的皇家园林——圆明园。

　　作为北京市的小学生，我们无时无刻不为自己的家乡感到自豪。今天，除了游览名胜古迹，我们还有一个更重要的任务——一起成为绿色文明宣传小使者，将环保理念传播给更多的游客。老师曾告诉我们，当下的环保形势十分严峻：全球变暖、气候变化、水资源严重短缺、生物灭绝……仿佛风雨飘摇的多米诺骨牌。想到这里，更觉得今日的游园活动意义非凡。

　　地铁飞驰，窗外的电子景观如流水般掠过，时而高楼时而古刹，交织成一幅现代与传统的画卷。不觉间，到站了。

　　走进圆明园，总能在残垣断壁中感受到历史的沧桑。这一砖一瓦，像在无声地呐喊：勿忘国耻，吾辈自强。湖面如镜，映照着蓝天白云；山石嶙峋，诉说着岁月的痕迹。我们漫步其中，脚下是昨夜雨后打湿的叶子。仿佛能听到古人的吟诗声、欢笑声，还有那深沉的古琴曲。

　　"落红不是无情物，化作春泥更护花。"我轻轻吟咏着龚自珍的诗句。是啊，即便是落叶，也在默默地守护着这片土地，为它的绿意盎然贡献着自己的一份力量。

同学们都自带小水壶，减少塑料制品的使用；我们捡起路边的垃圾，分类后扔进相应的垃圾桶，让园区环境更加洁净；还将自己印制的手抄报发给园内的游客。一个个小小的身影穿梭在圆明园景区中，传递的是我们对环保的一份贡献，也是我们对未来的一份期许。

正午时分，艳阳高照。虽然挥汗如雨，但小伙伴们脸上的笑容却是甜甜的。我们深知，保护环境是我们每一个人的责任。而环保的梦想，绝不仅仅只是周末的户外公益活动。环保更需要我们从日常生活中的小事做起，随手关闭已经使用结束的电器，使用节能灯泡，选择公共交通或骑行，不使用一次性塑料餐具，积极参与废旧书本和衣物回收，悉心照料校园内的绿色植物。这些举措虽小，但会如星星之火，汇聚成保护环境、创造绿色未来的强大力量。

地铁再次飞驰，我们带着满满的收获和喜悦回到了家中。心中那份对圆明园的记忆、对环保的执着却永远不会消逝。我们相信，在未来的日子里，会有更多人加入我们，一起践行绿色环保的理念，为美丽北京，为绿色中国，为地球母亲守护绿色梦想。

北京与香港，虽相隔千里，但我们的心却紧紧相连。京港地铁不仅是我们出行的便利工具，更是连接两地人民的友谊桥梁。在追求绿色环保梦想的道路上，我们携手并进，共同书写属于我们的美好篇章。

指导教师：宋贺　张依依

鼓楼风光

赵蔚萱　北京

国泰民安

武思彤 香港

传承

王宇童　北京市第十四中学

　　我与父亲到北海公园游玩，初夏的北海景色宜人，微风徐徐。

　　我们突然听见一段响亮的二胡声，这是京剧《三家店》的过门，循声望去，原来是五龙亭中几个"票友"大爷在唱京剧呢。

　　挤过围观的人群，我来到了最前排，几位大爷一人拉二胡，一人打小锣，还有一位饶有兴致地敲着铙钹。可过门响了半天，却没有主角登场啊。我正纳闷，拉二胡的大爷吆喝道："'林冲'该上场啦！"只见亭子角落里坐着的一位老者边摆手边摇头，用沙哑的声音解释道："我……喀喀……感冒了，嗓子不行啊……"拉二胡的大爷调侃道："怎么着爷们儿，这林冲可是主角，这么多人看着呢，咱可不能栽了面儿啊，要不您坚持坚持……"话音刚落，一串猛烈的咳嗽否定了这个建议。这可咋办呀？场内的几位大爷显得很失望。拉二胡的大爷抬起了头，环顾围观的群众："台下的兄弟们有没有会唱这段的？帮忙救个场啊！"瞬间停下，鸦雀无声，没人响应。

　　此时老爸拍了拍我："你不是会唱这段吗，要不上去试试？"还没等我回答，"二胡"大爷三步并作两步来到我面前说："小朋友，你爸说你会唱《三家店》啊？""我……我在学校学过，唱得不好。"我羞涩地答道。大爷好像看出了我的心事："小伙子，别不好意思，咱北京爷们儿就得大大方方的。"边说边把我拉到亭子中央，向周围人介绍，"这小伙子一看就是京剧的苗子，我们几位伺候大家一段《三家店》！"我突然被点将了，有点儿慌张，但想起打小学过京剧，还真有点儿跃跃欲试呢。琴声就是命令，戏比天大！我也顾不得那么多了，气沉丹田，两膀张开亮了个相，高声唱道："将身儿，来至在大街口……"我这一开嗓，全场立刻安静了下来。我边唱边用余光偷偷打量"二胡"，大爷一边拉着琴，一边微笑点头，我信心倍增，嗓门儿越唱越高，结尾处还来了一个标准的京剧亮相。

"好！""二胡"大爷第一个叫起了好，围观众人也鼓起了掌。"二胡"大爷满脸欢喜地走到我面前，一手搭住我的肩膀："我说你行吧，唱得还挺地道！"我赶忙回答："唱得不好，还得多练习。"

大爷拉着我的手，说道："京剧是国粹，是北京的名片，你这一段唱得让我觉得这京剧后继有人喽。"边说边从腰间拿出一把折扇，递到我手中。"小伙子，这扇子跟了我好几年了，今天送给你，今后坚持唱下去，一定能成个角儿！"我赶忙摆手道："这是您心爱之物，我怎么能要呢？""收着吧，这叫传承。"大爷坚定地一把将扇子塞到我手里，语重心长地说道，"大爷老了，就希望现在的年轻人能把这京剧的大旗扛起来。"

我收起折扇，若有所悟地回头望远处屹立于琼岛上的白塔，在夕阳的映衬下，格外宁静美好。真是完美的一天啊！

指导教师：张曦

陪伴

洪智皓　香港

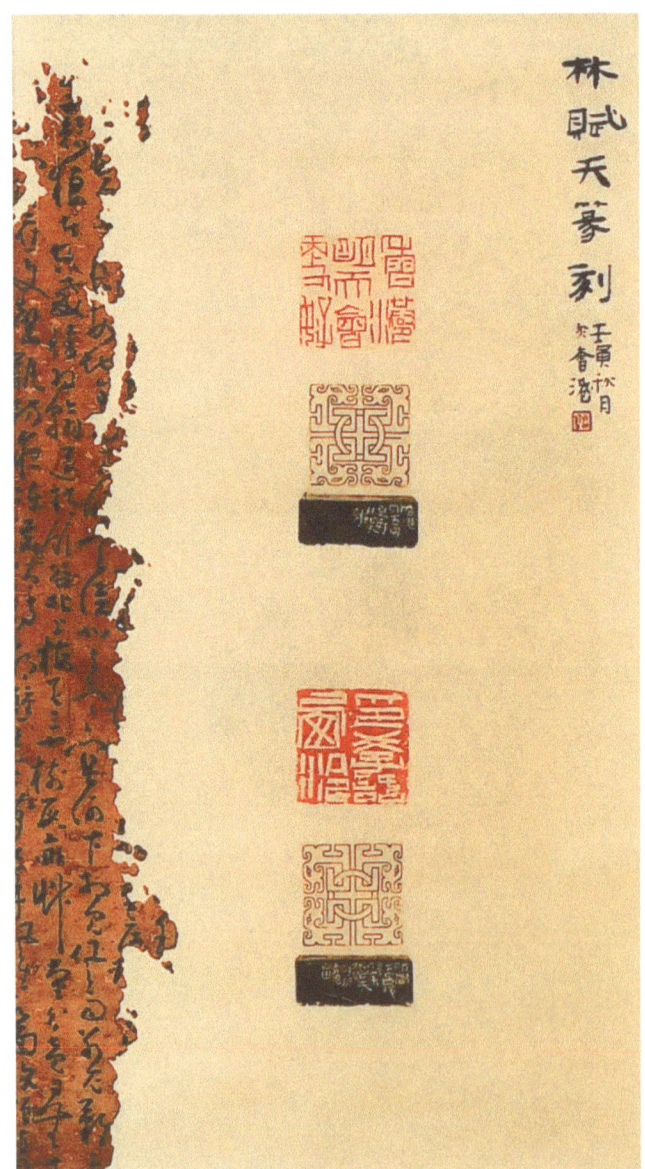

林赋天　香港

香港明天会更好

安居北京

梁济达　北京市宣武师范学校附属第一小学

人们经常说北京是"首善之都"。我问妈妈："什么是'首善之都'？"妈妈说："'首善之都'就是说这里环境非常安全，人们都很善良。这里是全国的模范城市，大家都喜欢这个地方。"我挠了挠头，一脸的问号。妈妈看着我懵懵懂懂的表情，和蔼地抚摸着我的头，耐心地说："你慢慢就会明白了。"

一次放学后，因为赶着上后面的课，妈妈骑着电动车，带我去快餐店吃晚饭。就在我和妈妈边吃边聊时，妈妈忽然一拍脑袋："哎呀，糟糕！忘记锁车了！"说完，我们匆匆划拉了几口，赶紧结了账往店外跑去。出门一看，发现电动车仍然原样待在原地，妈妈才长舒了一口气："吓死我了，电源都没关，我以为这还不让人骑上就走了？"这时，旁边一个外卖员叔叔也正取了单，骑上电动车，听到了妈妈的话，笑着对我们说："大姐，这有啥？您看我们现在都不锁车。这满大街的摄像头，谁还敢为非作歹啊！"我抬头看到了一个电子眼摄像头，哈哈，原来是它的功劳呀！北京有很多各种功能的摄像头，每一个摄像头后面都有警察叔叔和保安叔叔在时刻关注着大家的安全，这是我们平安北京的保证。

北京是安全的，更是温暖的。我住在这个城市里，总能感受到身边人们的热情和关爱。记得我5岁那年的冬天，我和妈妈去上街买鞋。逛了大半天，妈妈终于给我买了一双漂亮的小皮鞋，我迫不及待地就穿上了。回家时天已擦黑，北风呼啸。精疲力尽的我，坐在妈妈的电动车后座上，不一会儿眼皮就不听话地合上了。半睡半醒之间，我忽然听到有人大喊一声："哎……孩子的鞋掉了！"我被吓得一个激灵就醒过来了，同时还感觉到右脚凉飕飕的。低头一看，咦？我脚上的新皮鞋呢？"哎……那个骑电动车带小孩儿的……"我顺着声音看去，暮色中，身后不远的公交车站里，一位身穿明黄色冲锋衣，戴着橘色棒球帽的公交志愿者奶奶，正焦急地冲着妈妈挥手。冬季的衣服厚重，妈妈又刚刚开始学习骑电动车，她笨拙地挪动电动车想掉头。老奶奶看到这种情况，一迭声地说："你别动你别动，我去给你捡回来！"说着边张望着过往车辆边快步走下站台，捡起了掉在自行车道中间的鞋子，又匆匆走到我们身边。"你别动你别动，稳着车，我给孩子穿！"说话间，一只温暖的手握住了我的右脚，另一只手托住了鞋子严严实实地套在了我的脚上，还重新把鞋上的魔术贴压平粘紧，又拉了拉鞋子确认已经穿好。妈妈稳着车，回头不住地感谢，我也大声说："谢谢奶奶！""行了，穿好了，娘儿俩千万慢点儿啊！"电动车渐渐远离了公交站，越来越浓的夜色中，那个明黄色的身影依旧像个小太阳，照亮着我的心。

　　这就是我心中的北京——一个给我安全和温暖、守护我成长的城市。原来，这就是大家用责任和爱心建设起来的"首善之都"。长大以后，我也要努力建设美好的安居北京！

指导教师：马颂

临窗观景

梁桐甄 香港

孤月

苏安琪　香港

故宫之美

汪映希　北京市三帆中学

600多年前,这里曾是皇室的居所;600多年后,皇帝早已不见,朱红的砖墙和金黄的琉璃瓦却仍然守在这片蓝天下。站在故宫午门门口,我不禁感慨万千。

随着各地游客排成的长龙缓缓前进,好不容易挤过检票口,到了城楼下,这才真正感受到它的威严:向前看,是广严的城楼,需要使劲仰起头才能望见顶部,周围似乎有一种气场,压得人一时忘记了呼吸;于是我向周围转去,想透一口气,却被屹立两旁的雁楼挡住了视线。这雁楼像两个卫兵,守在城楼左右,包围着我,审视着我。

穿过午门,前方是一片大广场,广场的尽头立着一座宫殿状的建筑,就是太和门。三五个游客正对着它拍照,不知是不是把它误认作大名鼎鼎的太和殿了。

继续向前走去,当太和门也被抛在身后时,面前的这才是太和殿。随着步伐前进,我的心好像也感到一种奇异的召唤。它从明清时的盛世而来,从改朝换代的刀光剑影中来。在静静看着这一切发生的故宫里,它融化开来,弥漫在空气里。到近处观看,首先映入眼帘的是金灿灿的琉璃瓦屋顶——太和殿的屋顶,据说是中国古建筑的最高形制，光是屋脊上10只栩栩如生的脊兽便已经是绝无仅有的了。这些屋脊上的守护神，在漫长的日子里俯视着太和殿广场，古代工匠的精湛技艺与对住宅平安的希望至今仍在阳光下闪烁着耀眼的光芒。视线随着屋檐滑到外檐额枋的彩绘中，威风凛凛的金龙在蓝绿背景的映衬下格外亮眼，圆睁双眼、张开大口，不怒自威。朱红巨柱拔地而起，支撑起这座宏伟的建筑。从门口涌入的光线引导着我的目光，聚焦在华贵的龙椅和"正大光明"的牌匾上。我不禁试着想象起来，当这里还是皇宫时，该是怎样的呢？……我回过头，在汉白玉台阶顶端回望广场，想复原当初文武百官早朝时的盛大场景，却只看见日复一日在蓝天中盘旋的鸦群，似乎什么都没有改变过。

　　故宫的中轴线，说长也不长，说短也不短，到黄昏时分，随着夕阳西沉，我也走出了故宫。斜阳余晖铺在写着"故宫博物院"几个大字的牌匾上，铺在闪着光的远处的高楼上，和汽车的喧哗混成一片。一种梦境似的不真实感随着突如其来的现代元素向我袭来，使我恍惚了片刻，接着忽然反应过来……

　　无论朝代更迭与岁月变迁，故宫一直那样辉煌地存在着。任凭时光流转如梭，金碧辉煌的故宫，同它所承载的传统文化之美和深厚的历史底蕴也都会永远存在于此，作为北京的更是世界的文化瑰宝，这便是穿过历史长河的故宫之美啊。

指导教师：戴德明

故宫雪景

庄岱诗 北京

隙日

苏芳仪　香港

故宫里的屋脊兽

曹一方　北京市三帆中学

　　红墙绿瓦对着白云蓝天，汉白玉栏杆传递着历史的气息。威严庄重的故宫里，我的视线竟被几只惟妙惟肖的小兽吸引——它们坐在屋脊上，身上的金色已有些斑驳。我坐下来用画笔细细描绘故宫屋脊兽之美。

　　从下往上数，排在首位的是龙。它昂首翘尾，身上的鳞片历历可数。然后是百鸟之王——凤。狮子长着獠牙，一双鼓出的眼睛怒目圆睁。天马背上生翅，海马身上长鳞，它们能通天入海，呼风唤雨，闭上眼，仿佛能看到它们展开翅膀，一飞冲天。风，为它们喝彩；再一摆尾，雨点也落下鼓掌。斗牛、狎鱼、狻猊……个个威风凛凛，不怒自威。

　　一、二、三……九个？我记得还有一个。哦，是行什。它排在第十个，是专门为皇帝宣布重大事件的太和殿而创造的，只此一个，名字也就是"行十"，也可以叫"行什"。想要近距离观看它的模样，可以去展柜。

　　到了展柜前，我拿出笔和本，几次尝试描绘，可却怎么都下不了笔。说实在的，这不能怪我。你看啊，这行什人身猴面，龇牙咧嘴，还长着一双翅膀。像孙悟空吧，可又拿着个金刚杵。我实在不解，象征皇权的宫殿上怎么会添了个这么丑陋的怪物？

"话说啊，这紫禁城刚建好之时，太和殿比别的宫殿都高，周围又没有树，那是几次三番地遭雷劈啊。直到康熙三十四到三十六年间，太和殿大修，加上了这雷公似的行什，以后还真就没怎么让雷劈过……"一个讲解员路过我身边。雷公？还真有点像。那它的本领就是避雷避火了。一个屋脊兽怎么做到的呢？

"这你就不知道了吧？"一位老爷爷笑呵呵地说，"添上行什的时候啊，工匠在底下加了一根金属棍，成了将电导到地面的一个途径。虽说古人不懂科学，但他们通过自己研究探索，也算造了个简易避雷针吧。"

原来如此。这样一来，这屋脊兽不仅蕴含了形态美、情谊美，还有科技美了。再看那行什，还是雷公脸，支棱着翅膀，手里的金刚杵直杵着地面。金色已有些斑驳，但那立眉瞪眼的神情，仿佛要把雷电灾害都吓走呢！它不仅是屋脊上的一只神兽，它所见证的所经历的是历史之美，是智慧之美，是北京文明发展之美！故宫屋脊兽穿越历史跨越古今，将这北京之美带到了我们身边。

我再次拿起画笔，描绘着这北京精神的结晶。

指导教师：路莎

故宫脊兽

王羿橦　北京

昔聞洞庭水 今上岳陽樓 吳楚東南坼 乾坤日夜浮 親朋無一字 老病有孤舟 戎馬關山北 憑軒涕泗流

岱宗夫如何 齊魯青未了 造化鍾神秀 陰陽割昏曉 盪胸生層雲 決眥入歸鳥 會當凌絕頂 一覽眾山小

錄唐朝杜甫詩兩首 歲次壬寅秋月 敖靖崙

杜甫诗两首

敖靖崙　香港

胡同小院的四季

范芸溪　北京史家小学

我家住在北京城二环内一条窄窄的小胡同里。穿过幽深的巷道，正对着棕红色的大门就是我家。欢迎来到我家，让我带你一起感受下北京胡同里的四季是什么样子的吧！

小院大概 40 平方米，院子的北侧有一棵高高的香椿树，每年春天，香椿树抽出新的枝条，长出嫩红色的叶子时，我是最兴奋的，因为可以吃到美味的香椿摊鸡蛋和炸香椿鱼儿！为了满足馋嘴的我，爸爸还特意买了能伸缩的勾刀，他爬上房，站在屋顶上，将勾刀抻到最长，伸着胳膊，听着我在院子里一惊一乍地跳脚指挥："往上，再前边儿一点儿，对！对！就是那杈儿上的芽儿！长得真标致！肯定好吃！"……很奇怪，在够香椿这件事上，爸爸居然毫无厌烦之意，全程都在耐心听我指挥！后来爸爸说，他站在房顶往下看我时，仿佛看到的不是我，而是小时候的自己……在我俩完美配合下，小院的地面上很快就铺满了一层绿色。因为收获太多，我们就把香椿芽儿送给胡同里的邻居们，让大家伙儿都尝尝鲜！

初夏五六月份的清晨，院子里散发着阵阵清香，我抬头一看，原来是香椿树又开花了，香椿花的花苞像一粒粒珍珠一样雪白圆润。在接下来一个月的每个早晨，我打开房门，都能看到香椿花像雪一样厚厚地铺满整个小院的地面，简直美极了……

　　在小院的正中还有一棵40多岁的大松树，枝干苍翠茂密，小鸟们非常喜欢它！每天都会在树上"叽叽喳喳"地开会，秋天的时候，它们还会把野果子叼到树上吃，吃饱后就丢到树下，所以我们在院里经常会发现柿子干、红枣干、黑桑葚……

　　冬天，我家的小院还会变样儿，花架上的花都被挪进了屋里，取而代之的是一层一层整齐摆放的冬储大白菜。每年冬天奶奶都会买好多的白菜，她说这是老北京人的习惯，"萝卜白菜保平安"，白菜囤够，才能踏实过冬！白白胖胖的大白菜们被奶奶盖上了厚被子，每当这个时候，我就知道快过年了，接下来的日子，院子里满满的都是年味儿！

　　在小院里，我感受着四季的更迭，欣赏着自然和时间绘出胡同里最美丽的画卷。我爱小院，我爱胡同，我更爱我的北京城！

洋紫荆

潘茜堤　香港

林姍慧

林姍慧　香港

情系遛鸟

宋孚涵　北京市三帆中学

  北京有一句老话："贝勒爷手中三件宝：核桃、扳指、笼中鸟。"遛鸟的传统是极早的，明清时期流行甚广。

  遛鸟的人也是北京人里头起得最早的一拨。天刚亮堂的时候，蒙蒙一层薄雾，北京林木繁茂的犄角旮旯儿的地儿就有他们的身影。大爷们慢慢悠悠地走在小道上，天冷时总是戴着鸭舌帽、围着围脖，再套着一件深褐色、黑色的羽绒服，有时戴着沾了尘土的白手套。他们常常拿着两个笼子。笼子有着鹅颈样式的铁弯钩，再盖上一个常用来盖在钢琴上的那种墨绿色的布套。

  都说养鸟观音，养鱼看形；鸟音是各异的，了解的人，只听声音便能知道是什么样式的鸟。其实啊，遛的鸟大多都是画眉鸟，叫声可是一绝。亮起嗓来了，如嫩绿的竹子中流出的甘露，那般清，那般凉，那般洌，那般甜。这鸟也是极为聪明，会模仿其他鸟的声音，从那盖着罩子的笼子下，您可甭想猜着：是音符在空中飘荡的百灵？是如折柳一般短促清晰的绣眼？是犹如唢呐般，接地气儿，响亮浑厚的八哥？……

  "您闭了眼，听听这声儿，如何？"

  老北京人遛鸟，遛出一曲悦耳动听的音。夏夜，手上揣着把大蒲扇，坐在波光粼粼的河边，鸟儿便是个好伴儿。它们在笼子中上蹿下跳，扑扇着翅膀"呼啦呼啦"，"啾啾啾"地一蹦一蹦，与喙碰瓷器发出的声音交织在一起，等到它们习惯于与人相处时，就会尽情鸣叫。这样的一段驯化，术语叫作"压"。一只生鸟，至少得"压"一年。这一年，压的也是遛鸟人的性子。

我曾见过一个大爷喂鸟。他轻轻抹棱开鸟笼罩子，一挑，顺势便用小拇指拉开小门，将手伸进去，最先能摸到光滑的羽毛。这时可不能多碰，两只手绕过鸟，只取那俩盛水的瓷器。夹起小碗，顺便拈起掉落进去的树叶，一同带出来。就一会儿的工夫，涮涮瓷器，动动架子，赶在鸟儿躁动之前，拧紧水龙头，便匆匆归位。

"这鸟啊，不顺着它的性子捋，不成！"老北京人遛鸟，遛出一幅自然和谐的画。让鸟学叫，最直接的办法是听别的鸟叫，因此养鸟的人经常聚在一起，揭开鸟笼上的罩子，挂在相距不远的树上，此起彼歇地赛着叫，这叫作"会鸟儿"。

夏夜里，老槐树下，蝉鸣中，石台子上；笼子里，木架子上，唠嗑声中，笼罩下。老北京人遛鸟，遛出一种享受。享受着，眼前的时点儿；享受着，无限的广阔。

情系鸟鸣，是遛鸟人最喜欢听到的声音。情系提笼，是遛鸟人最喜欢干的事情。情系会鸟儿，是老一辈儿谈天说地的机会。

对于鸟儿的细心，对于和谐的追求，无聊的时候，能在楼下的老槐树下，破锈的水龙头旁边，眯起眼享受，是遛鸟大爷们的情。

指导教师：韦昕楠

故宫的庭院

王碧初　北京

葫芦虎

陆汯飞　香港

爆肚：老北京的牵挂与情思

牛炳杰　北京市三帆中学

爆肚，与烤鸭齐名，为老北京两大名吃，饱含了老北京的文化与特色。我的姥姥是一个做老北京爆肚的能手，而爆肚也自然而然成为小时候的我心心念念的美食。

姥姥先将新鲜的毛肚洗净并切丝，接着拿出芝麻酱等调料码放在灶台上。浓稠的麻酱与嗞嗞作响的辣椒熟油融合在一起，相辅相成，飘散出诱人的麻辣味。在这红棕色的酱料上，姥姥用手轻轻撒下若干香葱，宛如点缀上一颗颗翡翠玛瑙，交相辉映。最后，姥姥将毛肚涮入锅中，游走数秒即捞出，佐以酱汁并呼唤我们前来品尝食用。

爆肚是我们家庭聚会的热门食物，我和表哥都争先恐后地抢食，经常被辣得龇牙咧嘴、汗流浃背。爆肚的味道充斥着餐桌，全家人都沉醉在这麻、香、辣三种气味中，享受着，享受着……家庭宴会的气氛也随之被推向高潮，大家说的说，笑的笑，聊得不亦乐乎。

记得有一次，姥姥给我们讲起了爆肚的故事。"爆肚最早出现在北京天桥附近，"姥姥面带微笑，两眼微微眯起，好似回忆起了过往，"那时候老北京人们没钱，买不起正经的牛羊肉，自然只能买官员财主们看不上的、相对便宜的毛肚啦。"我恍然大悟，原来如此美味的爆肚竟不是豪门贵族们创造的，而是劳动人民探索出来的。便宜的毛肚佐以淳朴又不乏特色的老北京风味，才成就了如此美味的老北京名吃！

　　从此之后，每每吃起那麻辣兼备的爆肚，我总会想起姥姥口中的老北京劳动人民。一天的操劳已让他们身心俱疲，推开门，香味扑面而来，唤醒了他们沉睡的味蕾，唤醒了他们真挚的亲情，更唤醒了他们昏沉的灵魂。表面泛着红油的毛肚似乎在说："歇歇吧，已经到家了……"

　　现在，年迈的姥姥已经搬回河北；爆肚，也只能在敞亮的饭店中吃到了。而姥姥做的爆肚，以它那独特的麻辣味成为我钟爱的美食，它其中更蕴含着姥姥对子女浓浓的爱与期盼。

　　下班归家后的一碗爆肚，能洗去人们的劳累；家庭宴会上的一碗爆肚，能煮沸寂静的氛围；历史长河中的一碗爆肚，则能点亮那老北京民风之火，承载世世代代老北京人的牵挂与情思。

指导教师：孟鑫岳

亮马河畔夜色

朱嘉一　北京

辛弃疾《永遇乐·京口北固亭怀古》

陈梓君　香港

鼓楼的意蕴

刘诗琨　北京市三帆中学

　　微风轻拂，北京中轴线上车水马龙。阳光正好，我随着人群涌向中轴线的北端，望见鼓楼，读到北京的意蕴。

　　见鼓楼红墙灰瓦，体味是古朴厚重之感。作为古时报时的主角之一，在无尽的历史变迁中，它已然成为一名长者，这里每一处皆有北京历史的影子。一瞥灰瓦与日光的交辉，一望红墙与天空的相映，我读到的北京，有鼓楼在时光流转中不曾褪色的历史印记，是独特的北京古建筑魅力。

　　走到鼓楼展览处，数面鼓陈列于此。有些鼓的鼓面有所泛黄，尽显沧桑；每面鼓皆与大红色支架相衬，亦存典雅。大小不一的鼓置于一处，虽是仿制更鼓，却也能让我品读到北京的悠久历史。在安静的氛围下，更鼓令我感到沉重；可傍晚的击鼓表演，更鼓则令我感到震撼。伴着富有节律的鼓点，更鼓被表演者击响，击鼓表演气势磅礴，鼓声震耳欲聋。这一刻，像是时空流转，与数百年前古人报时的鼓声呼应；这一刻，鼓声仿佛跨越历史，是"晨钟暮鼓"的岁月留响。鼓槌舞动，人声鼎沸，我的心也被鼓点牵动，活跃、激情。演出完毕，我看向那几面大鼓，深沉、朴实，却又亮眼、动人。我读到的北京，是将传统文化在鼓楼高声传递的阵阵鼓声，是牵动我内心的北京古韵。

　　登上鼓楼，眼前是中轴线的辉煌。恰值日落，夕阳柔和，为鼓楼镶上了一层光辉。光辉璀璨，我一览风景，所见之处，皆为京城。鼓楼像是一位守护者，守护时间的回忆，守护北京的浪漫。我读到的北京，是登上鼓楼后感受到的北京的古韵，是北京延绵于古今的美好。

　　北京是一本读不完的书，鼓楼便是这本书中浓墨重彩的一笔。我读完鼓楼的宏大，读到北京的大气；我读完鼓楼的鼓声，读到北京的传统；我读完登上鼓楼后所望到的北京中轴线，读到北京的文化价值。

　　走出鼓楼，耳畔似有邈远的鼓声。这鼓声像是来自数百年前，声声不息。

　　鼓点活跃，是文化跨越时空的振动；鼓声依旧，是北京意蕴跨越千年的回响。

指导教师：戴德明

潮北京

赵熙媛　北京

范洪铭 香港

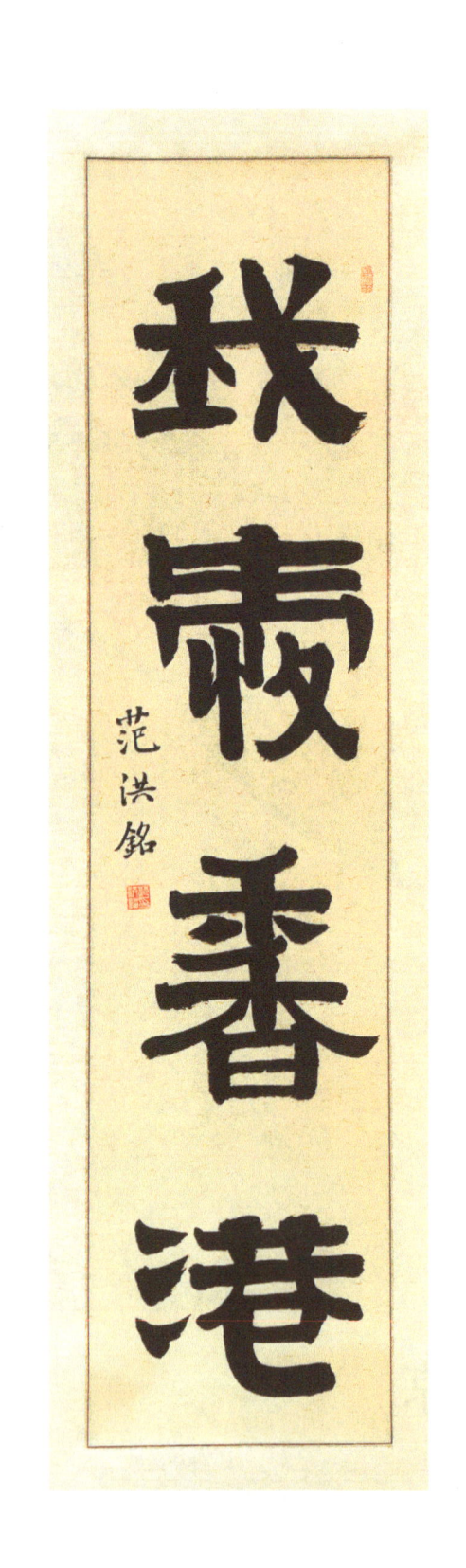

我爱香港

我从胡同老宅读懂北京

杨思齐　北京市三帆中学

漫步在北京胡同的老宅，像翻阅一本本纸页泛黄的老书。从胡同老宅，你能读懂北京的故事。

宫门口二条 19 号的"老虎尾巴"

"只有他的照相至今还挂在我北京寓居的东墙上，书桌对面……"合上《朝花夕拾》，我快步向鲁迅故居走去，想找一找这张使他"增加勇气"的照片。

"鲁迅先生写作的地方，是在北房后面的'老虎尾巴'呢！"故居的洒扫大爷看出了我的疑惑，"那是他自己接出来的一间房，书房卧室两不误，清净！"

我来到"老虎尾巴"，这是一间不足 10 平方米的陋室。斑驳的墙壁，老旧的桌椅、暂可一歇但绝不舒适的小床，还有照片上藤野先生矍铄的目光。鲁迅先生正是在这里，远离了尘世的喧嚣，远离了温存的生活，过着苦行僧一样清修的日子，写出了那些为"正人君子"之流所深恶痛绝的文字。老虎尾巴！一鞭重击，抽打在当时中国人麻木的灵魂上。

文华胡同 24 号的棋盘

我走进两旁绿树掩映下的院落，这里是李大钊先生的故居。在他女儿的卧室里，摆着一套特别的军棋。棋盘是纸做的，整整齐齐地画着一条条线，棋子也是用纸折的，端正地写着棋子的名称。

"下棋是要讲规则的，悔棋可不算君子。"

"女孩子也是要学军棋的呀，了解点军事知识才能带国家打胜仗！"

"哈哈，你进步了，是爸爸输了！"

"来来来，大家一起玩。多叫几个胡同里的娃儿过来，人多才热闹呢！"

阳光透过绿叶，洒下斑驳的光影。恍惚间，我好像看到了一个高大的、留着八字胡的身影正站在一旁，低头微笑，慈爱地注视着孩子们。

其实，当年作为北大图书馆主任的李大钊先生，收入是很可观的，但他把大部分的收入都用来资助学生，自己和家人却过得十分节俭。我想起历史书上那个领导了五四运动的"大胡子"，我想，我读到了这位先生温情的一面。

"横眉冷对千夫指，俯首甘为孺子牛。"胡同里的名人与人民一起，书写了爱国爱民、立身济世、自强不息的华章，我正是从这里读懂的北京。

北京的胡同带着历史的回声走进了新的时代。一两个老人在胡同里提着鸟笼惬意地遛弯儿，粗壮的大树把枝丫探出墙头，随着微风留下稀疏的光影，如百年前一般，给人们带来宁静与平和。

指导教师：韦昕楠

山径入修篁

蔡若素　香港

望门投止思张俭 忍死须臾待杜根 我自横刀向天笑 去留肝胆两昆仑

谭嗣同狱中题壁诗 壬寅初秋文倩书

谭嗣同
《狱中题壁诗》

冯文倩　香港

京彩瓷

许芷榕　北京市三帆中学

　　论制瓷，它要塑更薄的泥形；论烧窑，它要出纯白的瓷色；论上釉，它要磨天然的石青；论着色，它要耐反复的抹涂。京彩瓷独特的工艺传承百余年，论匠心，论感情，定是永恒不变、从不间断。

　　那是一间普通的展览馆兼京彩瓷工作室。幼小的我已在屋里闷了近两个小时——左手僵举着白瓷瓶，右手中一根狼毫短笔取了厚厚一层颜料，凹凸不平地涂在瓶颈上。其实上色第一笔我便发觉了其与纸张作画的不同：绘瓷颜料并不是一笔便上成自己满意的深浅，而是由浅入深、先釉后彩，经过几百笔的反复釉彩而得。可我怎耐得住性子，十几笔下去便急躁起来。

　　一双宽大的手轻轻抽去了我手中的瓶与笔，猛地抬头，面前是一位戴着老花镜、留着长长白胡子的老者。"进门时看到馆中的镇馆之宝'百鹿尊'了吗？它素有'一鹿三千笔'之称，每只鹿要画上三千笔才能有逼真的效果。你这才几笔就按捺不住啦？"我想起馆中大厅那巨大的鹿尊，惊道："怪不得每只小鹿的绒毛都清晰可见！"心中也泛起一丝惭愧。

　　"我们所有的情感都要倾注于这一件瓷器，去除一切杂念，留下的只是对咱们京彩瓷艺术的热爱，和传承北京文化的信念。"

我轻轻点头，才发现工作室中的叔叔阿姨无一不是埋头作画，笔触也无一不是像老者一样，虽缓慢但十分有力。我心中一荡，再提笔时，心中已变得宁静许多。

现在想来，那些朴素的人应是老者的弟子。他们坐在工作台前日复一日地传承着北京民俗文化的精髓，传承着前人朴素的匠心和对京彩瓷的爱。而作为青少年的我们，正是传承他们的下一代啊！

一件小小的瓷瓶，承载的是民间艺术"瓷魂"风采，是代代制瓷工匠几百年的坚守，更是他们从未改变的对京彩瓷的热爱。

情系京彩瓷。

指导教师：马宁

壬寅秋日

陈樑懿　香港

强国有我

胡皓轩 香港

我读到的北京

李亦轩　北京市三帆中学

走近天安门，我读到的是盛世繁荣的都城北京。

清晨，天安门广场，早上6点，这里是北京，北方卫星图上夜晚最亮的区域。我靠在栏杆上，紧盯城门。"出现了。"有人喊道。我定睛一看，英勇的人民解放军仪仗队着海陆空三色军服，列好严整的仪仗方队，正精神抖擞地向国旗旗杆前进。整齐的脚步声铿锵有力，给我无比的安全感；坚毅的表情似乎随时准备杀敌。"北京，作为祖国的首都见证和代表了祖国的繁荣昌盛。"我在振奋人心的国歌声中欣喜地想，仰望高高升起的国旗，巍然矗立的人民英雄纪念碑，我心头猛然一紧。祖国的今天，谈何容易……

礼毕放手，注视着天安门，仿佛读到清末受尽耻辱的北京城。1860年，如狼似虎的英法联军杀进我眼前的城楼，城中处处流淌鲜红的血液。圆明园里，侵略者拿着枪杆劫掠珍宝，再放火焚烧那些抢不走的文物，硝烟弥漫，他们恶狼咆哮着。

转身抬头，凝视那重如泰山的人民英雄纪念碑，我再敬队礼。寒风肃杀，菜市口的刑场上，戊戌六君子被厚重的木枷压弯了腰，但他们丝毫不惧，双眼闪烁着坚定的光芒，似利剑出鞘，锐不可当。谭嗣同用尽全身力气大喊："有心杀贼，无力回天，死得其所，快哉快哉！"这一声怒吼如雷霆般震撼，令无数后人为之胆寒，为之敬佩。六君子牺牲30余年后，卢沟桥事变爆发了。北京保卫战进行得异常激烈，枪炮声、呐喊声此起彼伏，佟麟阁将军的左腿被机枪怒吼着留下了数颗子弹，鲜血喷涌，湿透了的纱布向下滴着血。大腿早已失去知觉，佟麟阁单脚站立，紧咬牙关，不时挥起右手鼓舞着士卒，他深知决不能退缩。敌机的投弹落下，他最后一次呐喊"冲啊，将士们！"便永远倒下。身体慢慢被烟尘吞没，他仍然保持着指挥的姿势，手指指向前方，充满对胜利的渴望。

我的目光再次投向天安门，读到了新中国成立后面貌一新的北京。1949年的10月1日，30万人齐聚天安门广场，伟大的领袖毛泽东主席昂首站立在城楼上，庄严宣告："中华人民共和国中央人民政府今天成立了！"这是古都600年历史上永远书写的精彩时刻，祖国从此翻开了新一页的宏伟篇章。这句话，从此镌刻在每一个中国人的心中。

天安门前，我读到了北京，读到了北京今天的繁荣发达与都市荣光，读到了千万为了新中国抛头颅洒热血的革命志士，读到了那深深的爱国情。

指导教师：朱彩婷

花间松鼠

黄子翘　香港

《千字文》(节录)

许源 香港

"稻香村"里读北京

朱笑婵　北京市三帆中学

在北京——一个古老祥和的城市里，有一个普普通通的小区，在小区的门口开着一家朴实无华的老字号——"北京稻香村"。虽店面不大，但却充盈着我的童年，是我读到的北京的缩影。

搬家许久的我偶然回到了儿时生活的地方，站在小店门口，思绪飘回到无数个阳光明媚的午后。

每每放学回家的路上，我都会拉着姥爷的手欢快地跑向店里。人不是很多，货架上整齐地摆放着五颜六色包装的各样食品，玻璃柜里分区域盛放着各色美味的糕点，丰富却不刺眼。店里没有一阵接一阵如水果店门口的喇叭叫卖声，有的只是顾客与店员轻快的对话。每个人的脸上都挂着满意愉快的笑容，空气中弥漫着缕缕酥油饼的清香，一切都体现着这沉淀一百余年的老字号的朴实和美好！

我迫不及待地奔向玻璃柜前，姥爷笑着问我喜欢哪个，我一眼便选中了最爱的金猪饼，它浑身金黄，一张圆滚的脸，左右对称的小耳朵中间是那极具代表性的椭圆形鼻子，整体小小的一块，简单朴实，却能俘获我的心。姥爷结完账，出门时看到门旁站着的一位店员，她手里拿着许多零钱，我向她微笑致意。那是稻香村的特殊服务——暖心换零。无数次，我和姥爷想坐门口的公交车却没带零钱，都得益于她的帮助。这简单朴实的服务却体现着北京老字号的人性化关怀！

收回思绪，走进店里，一切和小时无异，只是少了姥爷的陪伴。照例，点上一块金猪饼，价格未变，模样未变。轻轻放入嘴里，牙齿初碰到的是略硬的糖酥皮，却不像西方糕点那样的甜，只是简单的清香。舌尖触到了内部的果泥，酸酸甜甜，如一块果酱在口腔内淡淡化开，亦如老北京城那外表朴实却意蕴丰富的内涵。治愈了小时的我，亦是如今的我，更将长随将来的我。

淳朴的老北京就像老字号——"北京稻香村"一样，虽没有热烈的叫卖、新奇的口味，却以它细致周到的服务、家常朴实的味道治愈着我，温暖着我。我从稻香村中读到的，是那样朴实而美好的老北京！

指导教师：程锦圆

山前云中雁访松

陈希睿 香港

《千字文》(节录)

姜惠雯 香港

北京，我的家

朱希乐　北京市三帆中学

　　北京，一个古老的城市，是我们世世代代魂牵梦萦的家乡。

　　我是一只北京雨燕。

　　紫禁城，这里有我的家。翱翔在蔚蓝的天空中，万里无云，俯瞰北京中轴线，似一只盘踞的巨龙，沐浴在阳光下，端庄，神圣，闪烁着帝王之气。我轻轻地落在那晶莹剔透的琉璃瓦上，闲看后花园中绿树逶迤，心情无比惬意。我无拘无束地飞翔着，在钟楼的屋檐下停住，同伴们衔来一根又一根的枝丫，我们快乐地忙碌着。嬉笑间，我看到了新安的鸟巢下立了一个小牌子——"雨燕的家，请爱护它"，顿时我感觉我的心暖暖的，被北京人的温暖和细心融化了。

　　长城，这里也有我的家。顺着熙熙攘攘的人流，我们飞着，感叹这万里长城真是名不虚传。长城，像一条卧守边关的暗灰色长龙，绵延不断，坐落在高山峻岭，起起伏伏，好不雄伟。突然间乌云密布，我们一哄而散，四处避雨，唯有这长城屹立在山脊。"黑云压城城欲摧，甲光向日金鳞开。"长城像一名战士，为了守护大家，永不退缩。我的眼眶渐渐湿润了，恍惚间，我好像看到了那些守卫国门的勇士，看到了北京人坚忍不拔的毅力，看到了一束光从乌云中穿过，射入我的心间。我眷恋的家乡！

向西飞行，追随着夕阳，我误入一处静谧，忆起了一段往事。圆明园，这里也曾有我的家，听爸爸妈妈说，我们祖祖辈辈曾栖息在这里，直到那一场罪恶的大火。此后，圆明园变成了一片废墟。每每到了落日之时，我们雨燕总是成群在湖上徘徊，那些残垣断壁在夕阳的余晖中渐渐淡去，而那古老的记忆也慢慢像迷雾般散开……我望着太阳从地平线上消失，点点泪花从眼角溢出，秋水萧瑟，祖先口中的那曾经熠熠生辉的北京城何在？

白雪一次次洗涤北京，北京也一次次焕发出令人无比赞叹的新的生机。百年沧桑，历经峥嵘岁月，一代代北京的劳动者辛勤地付出汗水，共同建设着新的北京。他们或是工人，建起的高楼大厦如雨后春笋般拔地而起；他们或是园丁，将荒漠化、扬沙漫天的土地，变成绿树荫浓的城市绿洲；他们或是人民教师，文化的传承，科技的创新，北京人才辈出，都离不开他们。翱翔在夜晚城市的上空，我看到了万家灯火中最耀眼的一颗明珠——"鸟巢"体育馆。北京人热情好客，成功地举办了万人瞩目的奥林匹克运动会，让世界看到了我的家，我们的家。

我曾问我亲爱的北京的朋友们：这么辛苦地建设，值吗？他们总是笑着，爽快地回答我：值啊！因为这里有我的家啊！

北京，这里有我的家。北京的每一寸土地，每一个北京人的心中都有我的家！

指导教师：朱彩婷

京城之脊：中轴线·广和楼

高翃玥　北京

风月短长吟恨古人
不见我狂耳
何妨更高歌
露山如旺好问先生

岁在壬寅仲秋
李承锟书

李承锟 香港

元好问《龙门对》

寄情法海寺

朱晨溪　北京市第九中学

在北京西郊，翠微山西路，沿着驼铃古道前行路过学校穿过闹市，走进幽静的林荫山路，弯弯绕绕，一条长阶赫然矗立在前，顺着长阶走去，一座古老的寺庙映入眸中。

越过门槛往前走，去到了一处妙境。红砖绿瓦的古建筑，四方庄严坐落在院中，中间有两棵千年古白皮松，地上散落的松皮是它在经历岁月沧桑的产物。将松皮放在手中，仿佛托着岁月峥嵘。听寺庙中工作人员说，拿它来泡茶最为合适，用来收藏意义也是非常。白皮松正对的那间最大的古建筑——大雄宝殿，现在是一处壁画收藏馆。里面的壁画名声响彻京城，许多人为了一睹真迹寻踪而来。

大雄宝殿内部没有一丝光亮，密不透风的空间中弥漫着古老的味道，营造出一丝庄严神秘的氛围。在进入大殿内时，工作人员会让游客套上鞋套，每人手中举着一个柔光手电，点点光芒照射在千年古匠心血绘成的真迹上。栩栩如生的神仙塑像身上的衣物仿佛用针线绣出一般根根分明；动物的皮毛透着毛绒的质感，眼中竟还有毛细血管。最为著名的便是那由无数六棱花组成的"水月观音"的薄纱披肩，每片花瓣由四十多根金线勾画而成，体现了"沥粉堆金，叠晕烘染"的高超技艺，生动地展现于世人眼中，让人赞叹不已。

站在大雄宝殿中央，环顾四面，在巧夺天工的真迹造像包围中，我仿佛置身于千百年前，而且与古匠有着千丝万缕的联系。我站在他们曾经站过的地方，面对那些沥粉堆金的壁画，不免去想象他们经历数不尽的日夜将绘画完成后，立于我相同的位置时心中是否感慨万千呢。

随着漫漫时光流转，我回顾到法海寺的诞生时刻的写象。主持法海寺修建的人是明朝的太监李童，他是侍奉过明成祖朱棣、仁宗朱高炽、宣宗朱瞻基、英宗朱祁镇、代宗朱祁钰五位帝王的老臣。他深受皇帝的重用，因感念皇恩，将自己的积蓄尽数拿出，会集当时顶级的壁画工匠，以精益求精、敬业感恩之心念，修建这座艺术宝库般的寺庙。正统八年，历经5年时间，寺庙修建完成，英宗朱祁镇亲自赐名"法海寺"，寓意佛法广大宛如大海。

法海寺建成之后饱经沧桑，躲过了战争和动乱年代的人为破坏，为世人留下举世无双的精美壁画。回望法海寺，不仅有千年古松，举世无双的壁画，更是留下了中华民族知恩图报、尽职敬业等优秀美德的佳话，赋予了法海寺独一无二的情感价值。

若疑于情不知何处起，那便走进坐落在北京西边的法海寺，一探究竟吧！

明城墙角楼与和谐号高铁

李厚德　北京

鹿柴·王維 梁文涵書

空山不見人但聞人語響
返景入深林復照青苔上

王維《鹿柴》

梁文涵 香港

胡同里的一束光

王梓萱　北京市西城区德胜中学

　　北京，夜幕降临，城市车水马龙，车辆川流不息，光影斑驳交织。初到北京，繁华的景象常让外地人应接不暇，由衷感慨一句："真是快节奏的大城市！"

　　如果来北京，你想看的就是城市繁华，那走在街上便能目睹；如果来北京，你想看的就是历史文化，那故宫天坛便能体味；而如果来北京，你想尝试些与先前不一样的温暖生活，那我盛情邀请你来北京的各大胡同走上一遭！

　　北京的胡同，错综复杂如一张古老的网，承载着历史的厚重与人文的温度。而我就住在这样一条充满故事的胡同里。

　　某个冬日的傍晚，我踏着寒风回家，却发现胡同口的那盏路灯不亮了。那盏灯，平日里不仅照亮了我们回家的路，更是我们胡同的标志，每当夜晚降临，它温暖的光芒总能给晚归的人带来一丝慰藉。

　　路灯的熄灭，仿佛让整个胡同都失去了生气。居民们进进出出，脸上都带着些许的不便与忧虑。尤其是夜晚在胡同里肆意奔跑的孩子们，只能坐在家中百无聊赖。

　　寒风呼啸间，胡同里的老李站了出来。老李是个退休的电工，平时就喜欢琢磨这些电器。看在眼里，急在心里，他最终决定亲自动手修复这盏路灯。

说干就干，老李从自家的工具箱里拿出了各种工具，还特意去五金店买了新的灯泡和零件。这位年逾古稀的老人步伐稳健地爬上梯子，银发被寒风吹乱，开始仔细排查起路灯的故障。

一间间小屋的灯亮起，居民们从先前的透过窗子围观到一个个走出家门伸出了援手。有的帮忙扶梯子，有的递工具，还有的在一旁帮着出谋划策。

经过一个多小时的忙碌，路灯终于重新亮了起来。胡同的黑夜被点亮的那一刻，仿佛寒夜一哄而散，温暖相聚心间。那束熟悉而温暖的光芒再次洒满了胡同的每一个角落。居民们欢呼雀跃，孩子们也终于肆意奔跑，仿佛在庆祝一个重大的节日。

从那以后，胡同里的邻里间更团结了。我们不仅一起维护着胡同的公共设施，还经常聚在一起聊天、分享生活。那盏路灯，也成为胡同里的一道亮丽风景线，见证着邻里之间的深厚情谊。

这盏路灯的修复，不仅是一次简单的修复，更是一次对邻里关系的重塑和升华。它不仅让我们更加珍惜身边的那份团结与互助，共同守护着我们美好的家园，更让我们意识到如今像北京、香港这样的国际化大都市固然匆匆忙忙，似乎少了些温情，多了些冷漠，但其实，每个城市的背后都有像北京胡同一样的温暖街巷，它们像路灯一样点亮冷漠的黑夜。只要你细心体味，定能发现那与快节奏城市并立的"平行时空"。

指导教师：刘英瑾

寸阴是竞
紫荆华盛

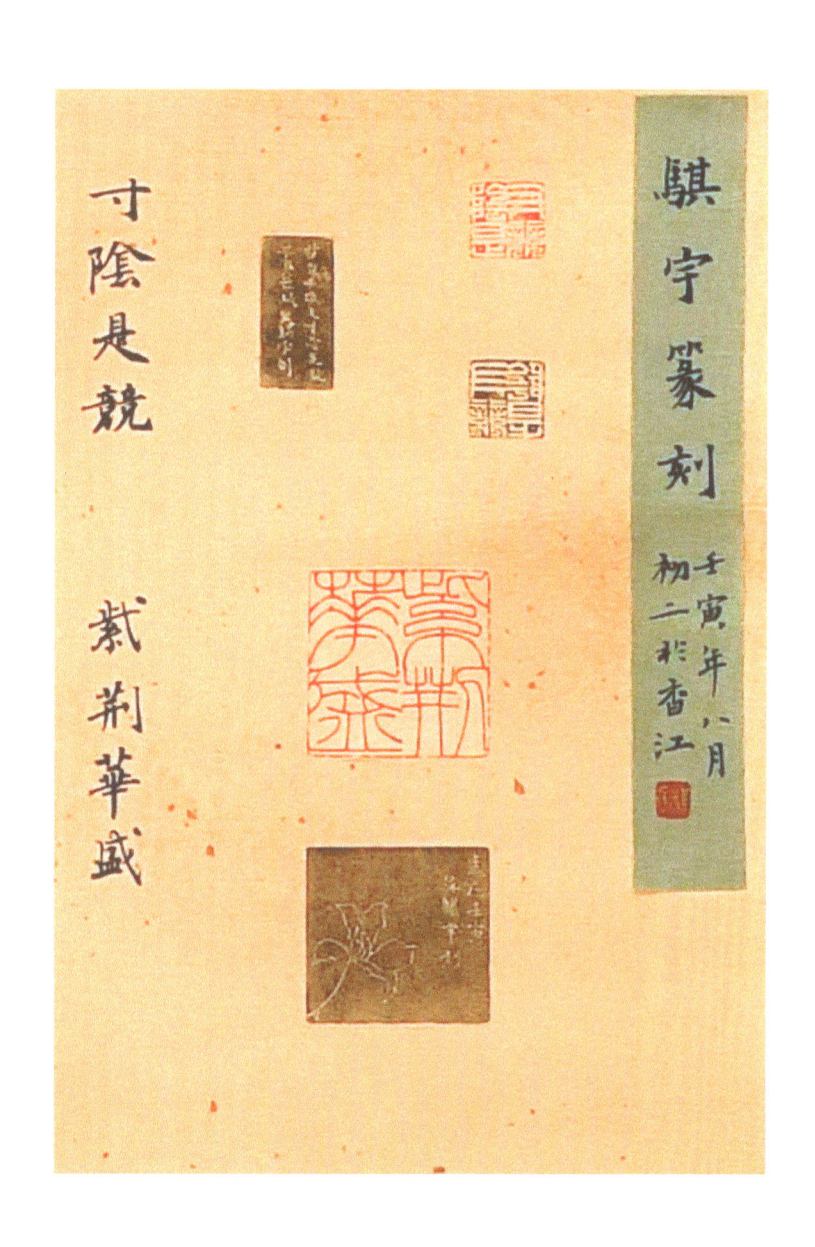

吴骐宇 香港

竹外桃花三两枝，春江水暖鸭先知。蒌蒿满地芦芽短，正是河豚欲上时。

宋苏轼诗惠崇春江晚景二首其一 张敬荷书

苏轼《惠崇春江晚景》

张敬荷　香港

京华鼓巷，追忆流年

王泓懿　首都师范大学附属中学

穿行于南锣鼓巷，竟好似变幻于两个世界。

你看，街的这头，光华璀璨，星火斑斓。

今夜的京城已无那"宵禁"之制，只见那车马辚辚，游人如织，道得那火树银花，凤箫声动。当落日的最后一点残红褪去，行人头顶的彩灯才得以渐次绽放，淡黑的沉香木与白炽折子纸相配，圆柱腰身镂空，传统文化所独有的魅力在人群中弥漫开来。人流如海，叫卖声响亮滔天，目光扫过街边的各式招牌，蓝白相配的"儿时杂货店"字样愈发清晰，我激动着不受控制地跑进这家小店，四处寻觅，竟找到儿时钟爱的零食，一点点靠集结儿时零食拼起那块完整的时光碎片，幸运的是，我好像复刻出了自己五彩缤纷的童年。

还记得，儿时最爱的便是那一盒"猴王丹"。说实在的，猴王丹卖相不算出众，没有晶莹糖果的绚丽色彩，也没有辣条一般仅吃一口便充斥全身的舒爽之快，猴王丹尚算其貌不扬，只覆着一层薄薄的山楂，尝起来酸甜口儿，却好像有万物所不具备的魔力，实实在在俘获了我这个"刁钻美食家"的味蕾。小学时，每每放学，我便要拉上好友一同逛逛校门口的商业街，虽是打着种种诸如买文具的名号，实际上却是为了看看那小摊老板进货没有，猴王丹——那《西游记》中的唐僧肉吃了都能长命百岁，猴王丹是不是同理？我自己有朝一日也能够修仙上天斩妖除魔呢！

那几分钟，时光的留声机似乎真正按下了暂停。万千回忆在脑海中闪过，我置身于繁闹的街市，人群熙攘，却慨叹于再不能拥有那段天真的过去，一怔，竟感到与现在的时代有些割裂，或者说，有些莫名的蓦然神伤。可人不能总停留于过去，再回神时，我决定彻底与对儿时生活的留恋做个了断。决心一下，我便大步流星走入店中，极为爽快地买下一盒猴王丹。爽朗的夏风拂过脸庞，我轻轻含上一颗，嗯，还是熟悉的味儿，酸甜可口，唇齿留香……

古城旧事正盛，时光不败京城。

你看，街的那头，岁月静好，时光漫漫。

青灰色的石板路在脚下铺陈，风起时分，书页卷起，那砖瓦石墙也经受了岁月的冲刷，好似静静的，却又不着一点色彩，留下些暗红的纹理。院落静谧，层层瓦片斑驳失色，它们似要在灯光下散出点清晰的影，既为承载过去所经历的所有荣辱，也为这略显清幽的街角增添一抹神秘的色彩。和风微晃，目及之处，黄白相间的小狗崽儿奔风而来，银铃项圈响叮当，暖了一抹鲜亮橘黄，更醉了几分京城时光。

时代滚轮向前推，历史文化余温尚存。始终不变的，是京城那份独到的"味儿"；承载记忆的，是京城那股别样的"劲儿"。

万里长灯锦绣忙，鼓巷滋味，邀君共赏。

指导教师：张萍萍

祥瑞之兆：天坛

柳姝萱　北京

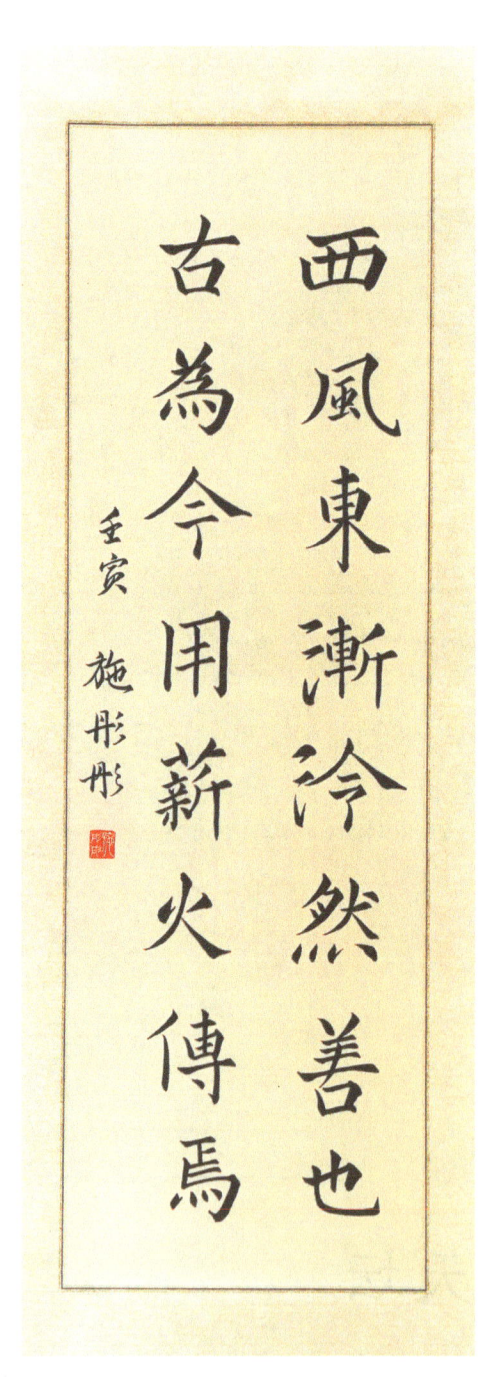

西風東漸泠然善也古為今用薪火傳焉

壬寅 施彤彤

施彤彤 香港

西泠薪火

下一站 天安门东

郑诗祺 首都师范大学附属中学

我在北京出生，从小就跟着父母走过北京城的很多地方，有胡同，有城楼，也有园林，更有宽阔的广场。我印象中的北京城，是被道道城门和座座高桥串联起来的。每去一个地方，我就喜欢收集一块冰箱贴，然后按着地图上的方位一个一个地贴在我家的冰箱门上。

有一天，我突然发现有一列地标冰箱贴完美地形成了一条直线，最上面是我去过的永定门、前门、天安门、故宫，一路往下直到钟鼓楼。我想，这些建筑难道是在一条线上的吗？我去问妈妈，妈妈说这就是北京的中轴线，大道中轴贯南北，从元朝建都的时候就有啦。

我又疑惑了，那这条线真的是像我冰箱门上贴的这样正南正北的一条直线吗？妈妈想了想说："我们中国人自古以来就讲究正南正北顺应天道，既然是建都时确立的，应该方向不会有偏差。"但是这个答案并没有让我完全满意，我想继续探寻这个问题。打开电脑，我在网上搜索，竟然发现早在2014年就有人注意到了这个问题。一位测绘专家发现北京中轴线与子午线有两度十几分的夹角，而这个夹角说明了中轴线上的建筑并非正南正北建造。事实上，从中轴线的南端起点永定门出发，到最北端的钟楼已经偏离了正南正北的方位约300米。

我很开心有人和我一样都发现了这个问题。这时的我，更想知道为什么会这样。就像妈妈说的，大家都认为正南正北才是正道，一定是有什么原因才会造成如今这样的情况。

我想起中国古代史中讲述的元世祖忽必烈登基为帝迁都燕京修建大都的历史，那也就是今天的北京城，但是元朝依旧保留了上都。忽必烈冬天在元大都办公，夏天在元上都办公，史称两都巡幸制。这两者不知道是否有关联呢？果然，我又查到，有学者在地图上画出了北京中轴线的延长线，发现延长线正指向元上都遗址，也就是如今内蒙古的锡林郭勒。我想，中轴线的偏差，或许正是忽必烈主动为之，表达了对故土的深深眷恋，同时想要将两都的王气通过中轴线连接起来，体现上都与大都的统一。我不由得感慨，这条偏斜两度多且只有不到 8 公里的中轴线，成就了如今多少气势恢宏的古代建筑，更让我们看到了历史洪流中政权统一、民族融合的智慧与创新。

看着门上的这些冰箱贴，我准备重走中轴线。周末，我在"天安门东"下车，穿过古老的宫殿群，攀上景山的最高点，俯瞰这座美丽的城市，寻迹北京中轴线，开启了崭新的旅程。

指导教师：张萍萍

天坛

王一越　北京

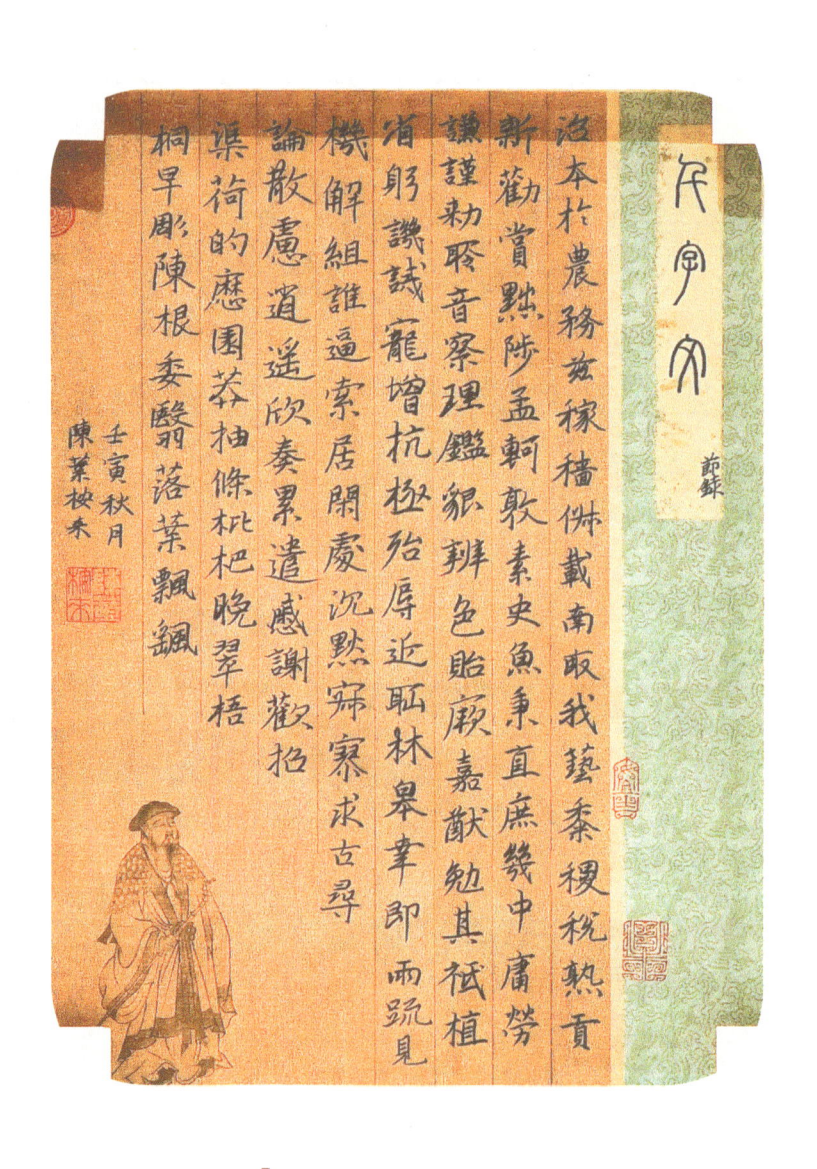

治本於農 務茲稼穡 俶載南畝 我藝黍稷 稅熟貢新 勸賞黜陟 孟軻敦素 史魚秉直 庶幾中庸 勞謙謹勑 聆音察理 鑑貌辨色 貽厥嘉猷 勉其祗植 省躬譏誡 寵增抗極 殆辱近恥 林皋幸即 兩疏見機 解組誰逼 索居閒處 沉默寂寥 求古尋論 散慮逍遙 欣奏累遣 慼謝歡招 渠荷的歷 園莽抽條 枇杷晚翠 梧桐早凋 陳根委翳 落葉飄颻

壬寅秋月 陳葉桉禾

《千字文》（节录）

陈叶桉来 香港

雪中的那一抹红

朋致雍　首都师范大学附属中学

　　雪已经停了，初日总算肯洒下些自己的光辉。白色盈满了世界，屋檐、街道，被雪渲染，也因雪，而洁净空灵。

　　历经沧桑的慈母，褪去了繁忙的外衣，一如几十年前，柔和地望向她的孩子。雪晴，云淡，日光寒。我穿着羽绒服，走进了一片宁静与安详。

　　"咯吱咯吱"，只有脚下雪的挤压声，以及胡同角落扫起的一堆堆雪，静静望着抚平一切凹凸与痕迹的莹白。

　　"冰糖葫芦嘞——那么老大的串儿欸，倍儿甜嘞——"悠扬的吆喝声婉转在狭窄的胡同墙壁之间，忽高忽低，像是安静的剧场里突然出场的音乐，瞬间便攥住了人们的耳朵与心。已经很久没吃过糖葫芦了，也很久没听过这样的叫卖声了。

　　我便顺着声音寻了过去。那是个推着三轮车的大爷，裹着棉衣，戴着大盖帽，但从他的喉咙深处迸发的声音，听不出一点干涩与寒冷中的颤抖，而是那极好听的纯正的京腔。他走走停停，晃晃悠悠，但一点都不显得突兀，似乎本来就应该在这一片银装里。三轮车上放着一个麦秸靶子，一挂一挂的糖葫芦整齐地扎在上面，通红与金黄互相掩映，在皑皑茫茫中像挂着彩灯的金色圣诞树，让人挪不开眼。

"小伙子，要不要来一串，甜得很呢，都是拿冰糖裹的。"他笑眯眯地望着我，沧桑刻印的皱纹缓缓荡漾开来。"那来一串吧，多少钱？"我掏出手机，正准备付钱，脑海中却闪过了些许疑问，"大爷，现在刚下过雪，正是冷的时候，怎么不在自己店里卖呢，或者在网上开个小店，那可方便多了。"他僵了僵，又笑了起来："您说的我也都试过，但是就感觉不自在啊，我大半辈子都推着车走街串巷，您要真让我坐下来，远离了胡同的烟火啊，就不习惯了。"

"对了，您这儿还卖别的水果做的冰糖葫芦吗？""不，只卖山里红的。"他斩钉截铁地答道，"这也是有讲究的，从我爷爷的爷爷就开始在这皇城根儿卖糖葫芦，只选熟透的顶好的山里红，虫蛀的、烂的全不要。冰糖也绝不少加，金黄金黄的，里头带点酸味，外头又倍儿甜，里头绵绵的，外头脆脆的，你说谁吃了不在心里头生出一股甜意与暖意。"

再看看，那红白相衬的样子，平添了几分可爱。"现在啊，又是什么冰糖橘子，什么冰糖草莓的，都一个个地摆在展示柜里，寂寞得要死，少了多少烟火气啊，又怎么能在冬天温暖人心呢？"

"来，尝一串，不好吃不要钱。"那是一串玛瑙般的糖葫芦，真如他所说，吃在嘴里却暖了心。"您是第一次来我这儿买，就再送您一串。"我用手机扫了码，道了谢，仔细品尝着这穿成一串的烟火气，继续走在素色包裹的胡同里。

指导教师：张萍萍

我们的家

余玥因　香港

古人言人生在世有三不能笑不笑天災不笑人禍不笑疾病立地為人有三不能黑育人之師救人之醫護國之軍軍千秋史冊有三不能饒誤國之臣禍軍之將害民之賊讀聖賢書有三不能避為民請命為國赴難臨危受命經商創業有三不能賺國難之財天災之利貧弱之食

歲次壬寅暮夏於香港 王紫宸敬書

中国古训

王紫宸 香港

我在故宫当小讲解员

夏若菡　中国人民大学附属中学朝阳学校

"各位游客，接下来我们即将参观九龙壁。"伴着微风，舒缓的声音从扩音器中传出，吸引我驻足聆听。一位漂亮的姐姐穿着一条红裙子，自信地站在故宫九龙壁旁。她缓缓讲述着，许多数据和历史故事脱口而出，她丰富的学识和生动的口才，让文物变得鲜活立体，也让我由衷赞叹和佩服。

后来，我也有幸参与了故宫小讲解员的培训。第一天，老师带我们参观了宁寿宫建筑群。一路上，我听着老师的解说，兴奋又好奇。

轮到我第一次试讲。我略显僵硬地站在宫墙边，吞吞吐吐，只能想出几个简单的句子来描述，还经常伴有"然后……就是……"。老师耐心地指导我们说："要想成为优秀的讲解员，要过三关，分别是知识观、口齿观和仪态观，只要大家用心学习，一定能有所提升。"

先是过知识关。

我把老师讲解的内容记在本子上，拿不同颜色的荧光笔仔细区分重点。回家我翻看一本本有关故宫历史传说的书籍。书页上生动有趣、色彩艳丽的插画吸引了我的目光，一行行简单易懂却又充满趣味的文字让我沉浸在阅读的喜悦中，不知不觉就读了好久。我再次游览故宫时便可以将书中描写的传说故事和实地建筑一一对应起来，很有成就感。没几天，我就把大部分关于宁寿宫的知识记了下来，随着知识的积累，我有了当好小讲解员的底气。

"讲解员还需要运用恰当的眼神和手势配合语言表达，增强与游客的互动感。"老师一边说，一遍给我们示范。她微微抬头，身姿挺拔，根据讲解内容变换着手势，眼神中带着光亮。我仔细观察老师的神态和动作，认真模仿。训练时，我挺直腰背，渐渐地我的肢体语言也变得自然大方。

终于到了检验成果的那天。我胸有成竹地站在入口的区域地图处开始讲解："欢迎大家来到故宫博物院参观，我是238号讲解员。"我面带微笑，声音洪亮，一边向周围的游客介绍，一边用手准确地指出每个建筑物的位置："宁寿宫占地面积为4.6万平方米。分为前、后两个部分。前半部分依次为九龙壁、皇极门内的皇极殿和宁寿宫。中路有养性殿、乐寿堂、颐和轩……"讲解中，一个个建筑的外形轮廓与内部构造在我的脑海中浮现。

不一会儿，越来越多的游人循着我的声音围拢过来，我有些紧张，手心微微出汗。但目光所及之处，我看到了兴致勃勃的小朋友，认真倾听的叔叔阿姨，和蔼慈祥的老人，还有许多充满好奇的外国友人。看到他们眼神中流露着肯定与鼓励，我充满了信心和力量，更加认真地讲述着。

讲解结束后，站在九龙壁前，我似乎能听到历史的回音。来往的游客，说说笑笑，脸上洋溢着喜悦，我心里也充满了幸福感。

指导教师：李岫泉

我爱我的家乡

刘美彤　北京

為學日益為道日損損之又損以至於無為矣故無為而無不為矣故取天下者常以無事及其有事不足以取天下聖人無常心以百姓心為心善者吾善之不善者吾亦善之德善信者吾信之不信者吾亦信之德信矣聖人之在天下渾其心百姓皆注其耳目聖人皆孩之

壬寅秋月游竣傑

老子《道德經》（節錄）

游竣杰　香港

在驼铃古道认识北京

隋雨奇　北京景山学校远洋分校

　　古铜色的骆驼雕塑、汉服走秀、国风音乐会……五一假期走进位于京西的模式口大街，真有一种穿越的感觉。这是一条 1500 米东西向的古街，置身其中，是古韵与新生的奇妙碰撞。我在 2021 年秋天参加志愿服务活动时第一次认识了它。

　　模式口位于北京市石景山区，原名磨石口，因盛产磨刀石而得名。这里从宋代开始开采磨石，质量优良，远近闻名，现已停止开采。民国时期改名为"模式口"，意取：为诸村之模式。明清时期这里是通往塞外的驼铃古道，著名作家老舍笔下的骆驼祥子就是牵着骆驼从模式口走回北京城的。

　　2021 年秋天，我在同学的介绍下参加了北京市石景山区开心奉献志愿服务队，第一次参加活动就是去驼铃古道宣传京西文化。听志愿服务队的老师们讲，我才知道，这条古街经历时光洗礼，曾经破败脏乱，2016 年石景山区启动模式口历史文化街区修缮改造，3 年后，千年古道、百年老街旧貌换新颜。通过城市更新改造，过去驼铃古道的繁荣景象才又回到我们面前。

　　现在这里已成为一个有特色的文化街区。小而美的博物馆、茶文化品鉴空间、民宿院落、文创商店，随处可见。据说这里现在有十五景三十院百余铺，重现了京西古道往昔商旅纵横的景象。街边随处可见的趣味小场景及复古雕塑，让人目不暇接。模式口村是北京历史上第一个通电的村子，1922年就已通电，这里有个小展览介绍通电的历史，街上还有表现当时通电后孩子们兴奋模样的雕塑。走进"古道斯存"的古朴院落，您可以端着咖啡看展览，体验百年前的院落。街道两旁还有不少猫咪的雕塑，妙趣横生，吸引不少游人拍照。

模式口还有两个特色"打卡地"，那就是冰川馆和法海寺。在北京第四纪冰川遗迹陈列馆，您可以了解第四纪冰川的知识、李四光先生创立发展第四纪冰川学说的历史。在法海寺您能看到580年前的明代皇家壁画。街区改造后还特意在法海寺旁建了壁画艺术馆，用4K高清显示屏原比例还原壁画真迹，让您可以更清晰地欣赏到壁画的美。每到传统节日，这里会有"国风嘉年华"等活动，包括主题巡游演出、非遗互动体验等，让更多人了解我们的传统文化。

为了让更多人了解模式口的历史文化，我参与的石景山区开心志愿服务队已经在这条街上持续开展了3年志愿服务，为游客免费讲解。同时，为了保护街区周围的环境，我们的服务队还会在每周组织志愿服务活动，在附近的永引渠边捡拾垃圾。欢迎您也来北京石景山的模式口大街，我希望能作为志愿者，为您介绍这里的历史文化之美。

我爱北京

王翘楚　北京

大江東去，浪淘盡千古風流人物。故壘西邊，人道是三國周郎赤壁。亂石穿空，驚濤拍岸，捲起千堆雪。江山如畫，一時多少豪傑。

遙想公瑾當年，小喬初嫁了，雄姿英發。羽扇綸巾，談笑間強虜灰飛煙滅。故國神遊，多情應笑我，早生華髮。人生如夢，一樽還酹江月。

壬寅 王宇晴

苏轼《念奴娇·赤壁怀古》

王宇晴 香港

地坛的记忆

陈俊言　北京市东城区和平里第九小学

我在北京出生、长大。北京，这座千年古都，如同一本厚重的书，永远都读不完。而地坛公园，则是这本书中最特别的部分，记录着我成长的轨迹。

我的家在三环边，向南行不远，便能来到地坛公园。在我儿时的眼中，地坛公园就仿若一个大型游乐场，绿荫如盖、松柏苍翠、鸽群悠闲……我常常流连其中，不知不觉就过去了一上午。我喜欢捡拾形状各异的树叶，幻想着它们是大自然送给我的礼物。小广场上，只需要两元就可以买一袋鸽子食物，享受与那些羽翼精灵相处的时光，静静地听着鸽子"咕咕"的声音，或是与它们追逐玩耍，那份乐趣让我至今难忘。有时，会带着画笔，在树荫下临摹鸽子的灵动姿态，将这份美好定格在画纸上。

随着年龄的增长，我开始对地坛的历史产生了浓厚的兴趣。我了解到，地坛公园不仅是市民休闲娱乐的好去处，更是一个承载历史的文化圣地。妈妈告诉我，它是明清两朝帝王祭祀"皇地祇神"的场所，是中国现存的最大的祭地之坛。每当我漫步在那些古老的石板路上，仿佛都能听到历史的回声，感受到岁月的沉淀。

我会轻轻抚摸着那些红墙，试图触碰那些被时光雕琢的痕迹；

我们站在方泽坛前,凝视铜鼎上古老的铭文,陷入沉思;我还会和妈妈一起,细数那些古树的年轮,倾听时间的低语。我尤其喜爱的是地坛的古树,那些树木,仿佛见证了无数春夏秋冬的轮回,每一圈年轮都是岁月的见证,讲述着地坛公园的变迁。

　　北京这座城市,有太多的故事和传说。而地坛公园,就是我心底最温柔的记忆,它陪我度过了很多欢乐的时光,见证了我的成长。相信,无论未来行走的脚步如何匆匆,地坛公园始终就像是一位老友,萦绕心间,成为我的牵挂和思念。

元日

陈梓朗　香港

《香港回归祖国纪念碑文》(摘录)

沈泽桓 香港

灯火可亲中关村

陈乐仪　中国人民大学附属中学分校小学部

我的家在北京海淀，中关村。

每晚路过中关村大街时，我总忍不住被她的魅力吸引；总希望时间过得慢一点，因为我想多看一眼她的美。虽然时刻生活在她的怀抱，但从没近距离好好欣赏她。两年前，终于有一次，妈妈决定带我"夜探中关村"。走，出发！

中关村的夜，是绚丽多彩的。

走近她，首先看到的是灿若晨星的新中关购物中心东门，向西走去，五颜六色的广告牌装点着整栋大楼的繁华；北侧的食宝街是我的最爱，远远望去，它就像一艘流光溢彩的豪华游轮，行驶在街市的海面上；继续北行，中关村广场扑面而来的音乐让人欢快起来，广场舞、街头表演编织着红彤彤的热情；广场中间，园区内的喷泉配合音乐节奏而奔涌，远处楼体外立面的霓虹灯跟随节拍而律动……

这里的行人穿着时髦，大多都很年轻。妈妈说，他们代表着新生与希望。正如那座屹立在街口鲜花草坪中的"双螺旋生物链"雕塑——《生命》，象征着生生不息、孕育创新。

皓月升起，星斗闪烁。中关村广场身后的数座高科技企业大厦，在月光的照耀下，显得更加熠熠生辉、光彩夺目，似乎浑身有使不完的力量。

听说，未来这里会升级改造成一座城市商业主题公园，成为"会呼吸的生活筑梦场"……好美呀，光听名字就令人迫不及待地想一睹芳容呢！

中关村装点了我的童年我的梦，期待我和她共成长！

夜色渐浓，我也到了该回家的时候。回望整条中关村大街，活力闪烁，这一片流光溢彩，深深地印在我的童年记忆里。

走进小区，耳畔传来悠扬的钢琴声，鼻尖飘来熟悉的饭菜香。难忘这一夜现代繁华，也更爱这一城灯火可亲。

指导教师：宋薛琦

源远流长

林健炜　香港

《论语》六则

祝启诚 香港

捡栗子

许璟之　北京市三帆中学

秋天的北京，大街小巷飘来一阵阵炒板栗的香气，这是秋天给我带来的第一抹味道。但单有这香气还是不够的，《吕氏春秋》记载"果有三美者，有冀山之栗"，作为栗子的爱好者，每年9月下旬，我们全家都会进山去捡一些燕山板栗。

去往栗子林要经过鹞子峪。这里不但在600年前是烽火战场，更有着中国最小的古堡。在不过足球场大小的古堡里种着一棵老槐树，它那高耸而又挺立的样子，与不远处的长城敌楼交相辉映。虽然已是秋天，但槐树上的叶子依然在阳光中站好最后一班岗。爬上城墙，古堡尽收眼底，远处的栗子林里偶尔飞过几只鸣叫的鸟儿，仿佛在述说着鹞鹰的传说。

沿着鹞子峪向深处走去，脚下的山路越发的陡，一不小心就会滑倒，我们只好手脚并用向上爬。翻过一个个山头，穿过一条条小径，终于，到达了目的地——一个长满栗子树的山谷。抬头一看，栗子树又高又挺，树上的叶子比鹞子峪里的黄得更早一些，在树上歇脚的鸟儿见到人便一哄而散。低头一瞧，遍地黄叶，脚踩上去"沙沙"作响，落叶中散满了毛茸茸的小球。用手一摸，"茸毛"一根根钢针似的扎人。用脚一蹭，打开"茸毛"外衣，里面滚出两三个红棕色的小球，光亮亮的，这便是我一年一盼的新鲜栗子。

　　捡栗子的乐趣在于"捡"。记得小时候第一次到栗子林，我心急地伸手去树上摘，一不小心手就被扎了个"遍体鳞伤"，剥开后的栗子也没有完全成熟。后来才知道，这些小绿球要经过太阳的暴晒，表皮逐渐从绿色变成褐色，外壳裂开，然后安静地等风来。一阵劲风吹过，"咚咚咚"落地的声音此起彼伏，仿佛在告诉我们："我成熟了！"

　　向栗子林深处走几步，只见一条溪谷，分隔两山，一条小溪缓缓流过。捡栗子捡累了便可找块石头躺着，闭上眼睛听一听流水叮当，听一听虫鸣清脆，听一听"咚咚咚"的美妙音符。

　　不过背栗子下山可是个体力活，它们小小的个头下都有着结实的体魄。那就少捡一些吧，留一些给这漫山遍野的金黄，留一些给守护着鹞子峪的鸟儿，留一些给明年再来这里的念想。

指导教师：朱梓铭

国宝庆回归

区志聪 香港

沈泽桓 香港

甲骨文对联

北京三万里

张原野　北京市三帆中学

作为京生京长的北京孩子，我想说说我眼里的北京，不是从二环里每平方千米 2 万人口的繁华拥挤，不是从古都特色鲜明阳光明媚的四季，不是从红墙碧瓦老胡同的故事说起。

我呀，要从我的名字说起，我叫原野。我的妈妈说，她出生在三江平原上，那里有一望无际的原野，有春来草自青的勃勃生机，也有冬天白雪茫茫的凛凛寒意。希望我的人生，带着原野的生命力一往无前。

大人给孩子取名，带着那一代人的故事和期许。我的爸妈，和无数来自全国各地的建设者们一起，通过自己的奋斗，来到北京、留在北京。让他们下一代的家乡，成了北京。

于是，从小到大，我看周围的人们，互相打招呼后，常说起的第一句话，不是我所知道的老北京互相问候的那句：你吃了吗？而是："您老家是哪里的？"

是的，来自五湖四海的人们，相逢先问家何处，这是北京这座包容性极强的特大城市的特色。我们的父辈们或者祖辈们，来自于全国各地，因为各种各样的原因，来到了这座伟大的城市，带着梦想、期待和努力，一起用双手、用汗水建设着这座伟大的城市。

而我的身边，也有很多北京的孩子，他们经过自己的努力，在全世界范围内求学就职，或者学成归来报效祖国。世界那么大，到处都有北京人；中国那么大，每个人都可以是北京人。

　　如今的我，想到北京，就不仅仅是北京，而是来自祖国四面八方的人们，他们的梦想、他们的努力、他们的代际传承，就像那部国漫《长安三万里》，盛唐的长安和今日的北京，何其相似，我们有幸站在时空的聚光灯下，生活在这伟大的北京城。我所生活的北京，是时空之中的北京，也是上下古今纵横三万里的北京；是北京人的北京，也是中国人的北京，是属于世界的北京。

　　地球，是天上的一颗星；北京，是地上的一座城。它可以是我们的起点，承载着我们的梦想，助我们飞翔；也可以是我们的终点，收藏着我们的心事，等我们回家。

指导教师：朱梓铭

创作梦

苏乐晴　香港

晏如

郭栢翹　香港

北京的庙会

郑林翼　北京市第一七一中学

　　春节逛庙会，已经成为人们心中不可或缺的一部分，它让我深刻体验到北京那份独特的年味儿，我爱北京的庙会。

　　春节的风俗有很多，如放鞭炮、贴春联、守岁、拜年等，逛庙会最吸引人，号称中国人的"狂欢节"！北京地坛庙会上，大红灯笼挂满了枝头，熙攘的人群中高举的风车、糖葫芦更加让人感到喜庆、热闹。

　　走在摩肩接踵的人群中。突然，一阵欢呼叫好声吸引了我，使劲挤进围观的人群中，只见柜台上摆了一大排栩栩如生的糖人，有大公鸡、小老鼠、宝葫芦……据说吹糖人是宋代就有的民间工艺，还是我国非物质文化遗产呢。"叔叔，我要吹糖人！吹一只小鹿。"我心想：暑假我在敦煌壁画上见到的九色鹿，现在我就要把你变成糖鹿了！糖人师傅从箱子里揪出一小块晶莹剔透的麦芽糖，在手中来回揉搓几下，成了一个圆球，又快速拉出一根细管，猛地折断，他把细长的糖管伸进我嘴里，让我吹气，一会儿使劲吹，一会儿又轻轻吹，在我不断地吹气中，糖球越来越大，变成中空的椭圆，只见师傅灵巧的双手在鹿头上提了提，就出现了两只小鹿角，接着又快速在鹿身上向下拉出四条大长腿。他像魔术师一般，变出了小鹿的鼻子、尾巴……一只可爱的小鹿在我眼前呈现，最后他用一根长竹扦蘸了糖插进小鹿气鼓鼓的肚子，活灵活现的小鹿如同有了生命一般，眨着大眼睛，好像在说："我像九色鹿吗？"太妙了！人群中响起了鼓掌喝彩声。举着糖鹿，舔上一口，甜味在口中荡漾，仿佛春天的精灵在舞蹈。

吹糖人不仅是一项手艺活，更是一门艺术，让我深刻地感受到中华传统文化的独特魅力。它寄托了人们对细节的极致追求，展现了对美好事物的向往和勇于创作的精神。希望吹糖人和剪纸、宫灯、年画……这些凝结传统文化和民族智慧的艺术能够传承发扬。

庙会的热门节目挺多。伴着欢快的锣鼓声，几只象征吉祥的红黄相间的毛狮子，时而腾空跃动、时而顶腰扭动，引来大家阵阵掌声和叫好声。踩高跷的演员服装鲜艳、技艺高超，他们踩着那么高的棍子走得却是那么平稳，真让人佩服！

北京庙会，这一源远流长的民间集会，彰显着中华文化的深厚内涵。不仅让人们体验到民俗，也让传统文化通过庙会的形式交流传承，更承载着一代代北京人的欢声笑语和文化记忆。

在我心中已深深地埋下了老北京庙会情结。我爱北京的庙会！

回归，回家了

苏乐晴　香港

《道德经》（节录）

许源　香港

雨中胡同

桑梓希　北京市东直门中学

　　雨，真是好雨！

　　闷热潮湿已经持续了一个上午，空气变得沉甸甸的，轻力挤压，似乎就能挤出水来。慢慢地，天色越来越暗，层层叠盖的云如墨一般，万马奔腾般从天边呼啸而来。先是丝丝清凉的微风，亲吻脸颊。慢慢地，阵阵湿润的轻风，饱含着水汽迎面拥来。

　　之前还沉闷无言的大街，很快喧闹起来。无论是走街串巷的商贩、行色匆匆的路人、摇着蒲扇的老人，还是踩着滑板车追逐嬉戏的小朋友，无不感到阵阵舒适的凉意。"吃了吗，您哪？""凉快了哈！""要下雨了，我得赶紧买点菜去！"楼下传来一声声的京腔京调，好像回到了骆驼祥子的年代。

　　我是个不爱动的人，尤其是在雨前，身上黏糊糊的就像钻进了老鼠洞。但是今天，窗外微凉的清风、摇曳的柳枝，还有一簇簇美丽的月季花，好像都在向我招手，"快出来，快出来，感受一下北京初夏的甘霖"。戏楼胡同里那口放在拐角的鱼缸还在不在？里边的金鱼会不会躲在荷叶下避雨？趁着下小雨，我要去看看。于是，我带上雨伞，套上鞋袜，推门跨步，大步迈向电梯，我要去雨中漫步北京的胡同。

戏楼胡同是北京众多胡同中小小的一条，要下雨了，胡同里人少了很多，那口让我惦记的鱼缸已经不知所终，返回的路上，我发现了小胡同与平时不一样的美。

北京的胡同往往会种着一些粗壮的大树，晴天可以遮蔽阳光，雨天还能遮风避雨，墨绿的树冠增加了小胡同的进深感，轻风吹动树叶，飒飒作响，招来了稀疏的雨丝。青灰色砖墙上漫布着鲜绿的苔藓，某处角落还能看见要生菌类的迹象。墙根下，胡同居民随手种的辣椒已经有一尺高，茄子已经有小小的花骨朵，韭菜已经被割了一茬，正在继续努力生长，天竺葵、月季花开得争奇斗艳，喜鹊和雨燕在树枝和房檐间"叽叽喳喳"地叫着，好像在告诉大家："下雨了，好凉快啊！"

风越来越大，在风的催促下，终于拉开了这场雨的序幕，落下的雨丝连绵如绣花针一般，丝丝缕缕，如一片蒙在眼前的绢纱，给胡同的青砖灰瓦添加了一层轻柔的微光，屋檐斜瓦上流下的雨滴，好像给这绢纱添加一串串的珠链。檐下，雨打青砖，檐外，润物无形。嫩绿的草叶正在从土里涌出，雨滴落在屋檐上奏出悦耳动听的滴答声，雨燕的喧嚣慢慢沉静下来，应着远处隆隆的雷声，好像鼓乐琴鸣，完全是一场雨中交响乐。

随着节奏慢慢变缓，胡同被雨水清洗得一尘不染，草木闪着晶莹的光，自行车铃声响起来了，人们的聊天声再次响起："这雨下得真痛快！""您家打卤面啊，真香！"胡同的烟火气湿漉漉地回来了。

雨，真是好雨！

李花松鼠

谢芷熵　香港

月暈天風霧不開　海鯨東蹴百川回　驚波一起三山動　公無渡河歸去來

李白橫江詞其六壬寅秋盈慧書

李白《橫江詞·其六》

马盈慧　香港

来石景山上春山

陈紫涵　北京市第九中学分校

二月天杨柳醉春烟
三月三来山青草漫漫
最美是人间四月的天
一江春水绿如蓝

一曲朗朗上口的《上春山》，打开了我们对春的期许。随着春风，来石景山上春山吧！别辜负这个烂漫春天。

来石景山上春山，请一定深深呼吸，感受"让森林走进城市，让城市拥抱森林"的清新气息。石景山作为北京市首个成功创建国家森林城市的中心城区，通过构建山、河、轴、链、园的绿色生态体系，已初步实现"山环水绕、绿轴穿城、绿链串园"，一半山水一半城的生态格局。

来石景山上春山，总有一抹绿意等你拥抱。轻柔的风，吹拂着柳烟环绕的永定河畔；和煦的光，照耀着绿意盎然的冬奥公园。浪漫的春，绿意的春，明朗的春都赋予了石景山以诗意。来石景山吧，感受春天的草木常青，万物有声。

来石景山上春山，总有一汪春水为你荡漾。首钢园的秀池，这个曾经的炼钢晾水池，经过环保再利用，旖旎的水面映衬着三号高炉的倒影，工业遗迹讲述着首钢生态绿色转型的故事。永定河畔微风拂过，柳树婆娑摇曳，轻声低吟着春天的序曲。春木苍苍，春水潺潺，一颗春心在石景山开始悄悄地灿烂。

来石景山上春山，总有一束鲜花为你绚烂。八大处公园古色古香的建筑与苍翠林木和谐相融。天地向暖，韶光弥漫，万物生机勃勃，春天的温柔气息即刻扑面而来。等一阵催花雨，催红了桃花，催艳了海棠，催美了玉兰，石景山的春天总是这般风情万种。

来石景山上春山，春的希望等你去彩绘。推窗见绿、出门入园在石景山变为现实，城市中随处看得到绿荫，闻得到花香，听得到鸟鸣，生物多样性进一步丰富，生态系统更加平衡稳定。在春的季节里播种绿色的憧憬，耕耘蓬勃的梦想。等着你来的石景山，定会令你绽放最美的自己。

万物各得其和以生，各得其养以成，生态文明建设功在当代利在千秋。我的家乡石景山区以得天独厚的自然禀赋，加上城市转型与冬奥盛会的双重机遇，让这座曾经炉火炽烈的钢铁之城重新打造出天蓝水清的绿色名片。从钢花飞溅的重工业基地，到山水相融的宜居之城，石景山人正在用绿色勾画和书写着生态与城市的全新图景。上春山，不必去远方，相约石景山！

指导教师：吕华

多彩北京

胡可佳　北京

龙马精神

林嘉泓　香港

万物并育 共享美丽家园

王启文　北京亦庄实验小学

北京的南边有一个南海子公园，它曾是五朝皇家猎场，我的家就在公园旁边。我记得第一次去那里时，我在一个特别的景观旁徘徊流连，这是由一百多块多米诺骨牌绵延而成的雕塑；一个醒目的十字架立在最前方，紧接着是倒下的骨牌石碑，它们象征着已经灭绝了的动物，它就是世界灭绝动物墓地。

随着人类活动对自然的影响，这里倒下的动物仅仅是冰山一角，在地球上，每一个小时就有一种动物灭绝。为了公园的环境保护，我决定当一名城市志愿者，为来访者们讲解灭绝动物们的悲惨遭遇，唤起大家对濒危物种的关注与保护。

我看着南海子公园越来越热闹，麋鹿、鸿雁，越来越多的动物朋友来这里安了家，成了我的邻居。我的心中重燃了希望。水天长阔，无边无际，我眺望着徜徉在湿地滩涂上的动物朋友们，心中激动万分，想着环境慢慢变好，也有自己的一份力量，便更卖力地大声向大家介绍公园里的新居民："大家看，那是疣鼻天鹅，是我国二级保护动物，它被《中国濒危动物红皮书》列为易危物种，如今也在南海子安了家。"你看——"长枪短炮"的叔叔大爷们迅速抢占最佳机位，只为拍到那优雅的振翅一跃。"真好，环境越来越好，动物越来越多。"在大家的感慨声中,我结束了一天的志愿者工作,当我静静地抚摸着那一块块石碑,会在心里默默地说"都会好起来的"。

　　我从那个稚嫩的学龄前儿童到如今初入五年级的少年,见证了这片美丽园地的变迁,也在这里度过了成长的点滴。"万物并育而不相害,道并行而不相悖",是的,地球之所以迷人,就是因为有千千万万的生灵在同呼吸共命运,保护生物多样性任重而道远,它需要一代代地球人矢志不渝,相向而行。我深信,只要我们肩负起保护环境的责任,只要我们共同努力,地球上的每一个角落都会迎来生机盎然的明天。

指导教师:师嘉阳　王媛媛

不怕风浪 列队前行

余冠阅 香港

一鉢雲遊千萬山都在肓無間間鶯鴰雁緣何事訪盡叢林叩盡關

後唐志安法師絕句 壬寅秋芳儀書

志安法师《绝句》

苏芳仪 香港

北京味道：炸酱面

李文心　北京市三帆中学

　　白瓷碗中热气氤氲，这白面，这肉酱，这黄瓜丝，仿佛让这碗上的青色花纹活了起来，让这平淡的生活活了起来。

　　冬日刺眼的阳光拂过桌案，木质花纹中沉淀了几分岁月携来的尘埃，一大一小两只瓷碗忽而落到桌上，一只透着水一般的平淡，一只冒着浓浓的咸香。

　　勺自一只碗中舀出一大勺肉酱，连带着汤汁与炒肉、豆子。到了白面的"领空"，便"啪"地一甩，使这酱带着一股凌厉与疾风，狠狠砸在白玉一样平静的面上，携上了一点坚韧与炙热。

　　接着便是筷子登场了。它如年迈却铿锵有力的老者，在这碗中转了一圈又一圈，在这强大的旋涡中，褐色的酱与白色的面完美融合，使这面染上缕缕咸香。

　　随即，那筷子带着一点儿还未甩掉的酱，又向黄瓜丝探去，那浅绿的黄瓜丝像冰凉的翡翠，一下碗，便使这整碗火一样燃烧的面瞬间冷静了下来，使刚刚浮躁的心情沉静了下来。

　　炸酱面入口，咸香中带着清淡，软糯中夹着清脆，炙热中携着冰凉，一部分融合成了温和，一部分仍在嘴中打着架。

　　那矛盾的面，使人想起凛冬中火红的灯笼；使人想起雪后幽深的胡同叫卖声四起；使人想起人们在寒夜里，裹着棉袄，提着油灯在四合院中打麻将；使人想起种种矛盾的幸福与温暖，最后全部交织在一起，成了北京。

  北京的一切民俗，古与今都重叠在这碗炸酱面里，入口，入胃，入心。

指导教师：黄海泽

海棠花

赖欣呈　香港

张宛菘 香港

祖国万岁

胡同里的京戏

李子昂　北京市三帆中学

在我的记忆中，京戏是一种遥远的不被现代主流审美所欣赏的艺术。不过，你是否见到过，在街头巷尾，胡同中，公园里，有那样一群老人，孤独地唱着那只属于北京人的摇滚。

那天晚上，我刚听完一场交响乐会，从国家大剧院走出来，正在西交民巷漫步，这时路边传来一声韵味十足的京腔："咱快开始吧！"我带着好奇走近一看，昏暗的灯光下竟是一支京戏队。他们都是60岁以上的老人，几把小马扎，几件小马褂，这就开始了表演。

最先入耳的是一声尖细而悠长的弦音，那是京胡。一段西皮行云流水，流畅自然，高低错落，好似夜莺婉转的歌喉。那大爷手指上下翻飞，正上演着一场指尖的芭蕾。他的身体也随旋律晃动，陶醉地眯起了眼。这令我想起方才的小提琴手，只是少了一点忧郁多了一丝沉醉。接下来，一阵急促的鼓点打破了画面的平静。那好像马蹄的声音清脆连贯，将我拉入了战场。打鼓的老爷爷十分熟练。看似最轻松的活儿实则要见缝插针，他的每一个音节都精准无误，只轻抖手腕便打出了节奏。

少顷，随着一旁师傅一记有穿透力的锣声，一位身穿旗袍的奶奶从一边走了出来。她身量不很高大，但胸脯却挺得很高，一股子从足跟生出的精气神冲破双眸发射出来。只见她深吸一口气，唱道："猛听得——金鼓响画角声震！"我记了起来，这出戏叫《穆桂英挂帅》。她的手一会儿捏起兰花指一会儿又二指合并比出剑指，仿佛那百万雄兵就站在她面前。她就是那不知是女儿还是好汉的穆桂英。当她唱出"我不挂帅谁挂帅"的名句时，雄壮的气势如雷霆万钧，百万雄兵也不在话下。这一段听得我热血沸腾，不由将自己代入了那危机的时刻。与此同时，不知从什么时候开始，四周已经里里外外围上了几圈人。有摇头晃脑满面笑容跟着哼唱的老年人，也有路过的年轻人，他们都被这京剧深深地打动了，拿出手机拍视频、转发，用自己的方式表达着对这种传统技艺的欣赏。此刻，我意识到那殿堂里高雅的交响乐与胡同里传唱了数百年的京剧相比又有什么不同呢？文明的薪火又燃了起来，我相信今天的每一位观众都会成为文化传承的新力量。

京城朗朗的月色照在每一个人的脸上，正像百年前它照进了旧京的胡同，照亮了每个人的梦。我在这月光下见证了传承，老人们用他们的热爱唤醒了社会的文化之心。他们是时代的逆行者。不求回报，只一路坚守那份固执，守着这份记忆，也守着那抹旧京的月色。他们让我们看到了北京繁华的背后埋藏在人心底的文化的根。

指导教师：田婉莹

戮力同心 奋楫笃行

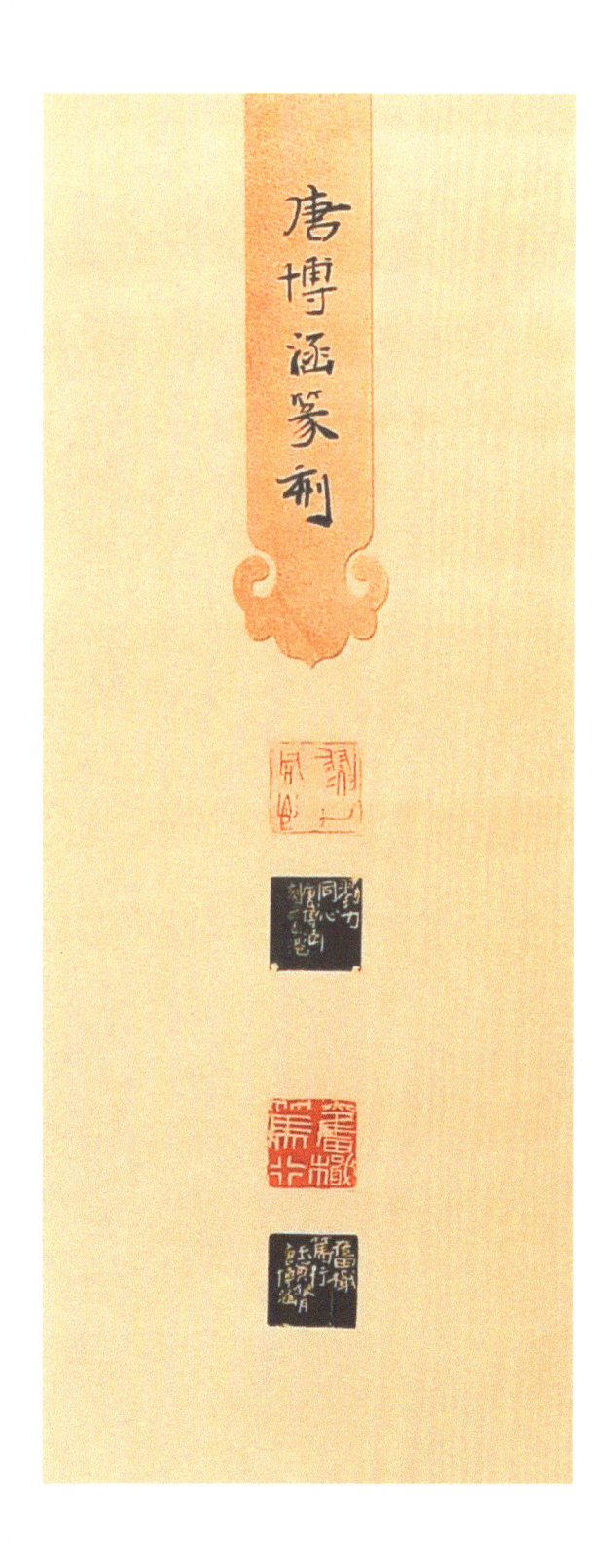

唐博涵 香港

紫荆花儿已绽放东方之珠
耀光芒激动时刻永难忘中
华历史创辉煌

壬寅立秋温岚芝书

纪念香港回归 25 周年

温岚芝 香港

我和北京的约定

刘若渊　北京市三帆中学

"快，快！暴风雨来了！"这喊声使我浑身一颤。终于，还是要遭到天劫了吗？

雨点不断地落在我身上，前方的天空被闪电撕裂，紧接着，一声巨雷震落了我的好兄弟，他像石头一样，身体一僵，坠落下去。

这可是我同巢的好兄弟！我没有一丝犹豫，一个转身，向下俯冲。我们的母亲在临终前告诉我们："你们是我最后一窝孩子，也是最强壮的一窝，下次返回北京，一个也别丢！"看着兄弟坠落的身躯，我脑中只有一句话——"一个也别丢"！雨水仍在下落，但它们追不上我的速度，只能在我身后徒劳地追赶。风在我耳边呼啸，但我已感觉不到。一枚"之"字形闪电向我打来，我顾不得与它周旋，只是向下俯冲。我看到了兄弟，他应该没有外伤，但肯定被那雷电吓破了胆。我冲到他耳边大喊："飞啊！"他仍然在下坠，不为所动。"你忘了吗？当初我们对妈妈的许诺，返回北京！再看一眼故宫，再看一眼天安门！你没有外伤，你只是被这天劫吓破了胆！这不是雨燕的精神！雨燕的精神是坚强，是不屈啊！"我大喊。他突然睁开了紧闭的双眼："对，不屈！我还要再看一眼那金黄的琉璃瓦呢！"他收拢双翅，将重心移至头部俯冲了下去。俯冲了 200 米后，他突然将翅膀展开，像那拔地而起的洲际导弹一样，冲上了云霄。

我追了上去。"兄弟，你说得对！"他说，"我们和北京，还有个约定没有达成呢！"

春天，在我们北京雨燕一族的催促下，来到了这座古老的城市——北京。她把冰封的河道解冻，将垂柳们的头发散开，撒下百花装点大地。我们5只同巢的雨燕，站在故宫御花园钦安殿的屋顶上，看着下面的一园春色。"有一只雨燕，差点就回不来了呢。"我调侃道。"兄弟，谢谢你！"我那被天劫吓破了胆的兄弟说，"我们5个，终于又回来了，也算没有失约。"大姐说："是啊，这琉璃瓦又翻修了呢……"

我们沐浴在阳光下，享受着北京的春天，享受着我们的亲情与友情，享受着我们打拼过后，获得的胜利之果。不经历风雨，怎么会看到如此美丽的春天？看着一旁兄妹们被春风吹乱的羽毛，看着他们伤痕累累的身躯，我不禁潸然泪下……

北京，你好！我们如约而归！

指导教师：苟爱玲

夏日桃花园

余定因　香港

故人西辭黃鶴樓煙花三月下揚州孤帆遠影碧空盡唯見長江天際流

李白黃鶴樓送孟浩然之廣陵 壬寅秋 穎欣書

李白《黃鶴樓送孟浩然之廣陵》

蘇穎欣　香港

我的戏迷同学

朱家毅　北方工业大学附属学校

　　北京，一座蕴含了千年历史的古都，是我们的文化中心，里面的文化底蕴深厚，要说最出名的，那便是京剧了。

　　作为从小在北京长大的小朱同学，受到周围环境的影响，家长是京剧爱好者，他小时候经常跟着父母流连在北京的大小剧场，有时候走在北海或颐和园等公园听到胡琴响声，就走不动路了。不光前台看戏还经常去后台观看演员们化装调嗓，慢慢地对京剧着迷起来，他对戏曲中的每个角色都十分地了解，尤其是丑角。

　　他还立志当一名专业的演员，能够在不同的舞台上散发自己的光彩。自学戏和演戏以来，他印象最为深刻的一次便是梅兰芳大剧院那场了，在经历了大大小小的舞台演出后，小朱在面对著名剧院这一次难得的机会时，心中不免忐忑，此次表演在他的演出生涯中无疑是一次挑战的机会，在忐忑紧张的准备期过后，他登上舞台，他底下有数不胜数的观众，当锣鼓点响起时，小朱仿佛成了他所扮演的角色，把角色的每一个神态动作都表现得淋漓尽致，陶醉于其中。台下的观众都目不转睛地看着小朱，随着他的表演结束，台底下响起了如雷贯耳的掌声，当他下台时后背都湿透了，但也不觉得累，只觉得乐在其中。

还有一次当学校举行艺术比赛时，小朱也毫不犹豫地报名，小朱精心挑选了一个角色为这场比赛做了十足的准备，比赛当天下着大雨，别人都劝小朱放弃比赛，可小朱十分珍惜这次比赛，最终还是赶到了赛场，比赛完后小朱脸上眉毛上扬，眼睛里闪着光，手臂前后摆动，对这场比赛十分自信，最终小朱取得了优异的成绩。

　　无论是北京上千人的大舞台还是社区会演，无论是面对戏迷观众还是专家名角，无论是同胞手足还是国外友人，小朱都不怯场，认真地向大家展示京剧的一招一式、一字一句，用自己满怀热情的心以及对京剧浓厚的热爱，赢得了观众们的热烈掌声和交口称赞。

　　小朱不仅自己十分热爱，课余时间还会热心回答同学们感兴趣的京剧知识，他以自己的力量让京剧走向大家，我相信在将来小朱一定会成为一名著名的京剧演员，将北京文化的精粹传播给更多的人。

古城文脉之祈年殿

李祐锌　北京

水調歌頭明月幾時有

明月幾時有把酒問青天

不知天上宮闕今夕是何

年我欲乘風歸去又恐瓊

樓玉宇高處不寒起舞弄

清影何似在人間轉朱閣

低綺戶照無眠不應有恨

何事長向別時圓人有悲

歡離合月有陰晴圓缺此

事古難全但願人長久千

里共嬋娟

壬寅年 高陽書

苏轼《水调歌头·明月几时有》

高阳　香港

叫卖吆喝声　京城民俗情

齐梓彤　北京市三帆中学

在许多人的童年回忆里，有一种声音是守恒的。它让被窝里的孩子奔进小巷，如一声春雷，让四季苏醒、涌动，那便是京城吆喝。

这是爷爷奶奶辈儿的童年。早晨的街巷冷冷清清的，只见远远的，几个提着大筐小筐的身影晃悠悠地来了。马上，他们便把整条死性的小巷唤醒，迸发出生龙活虎之气。听！"茉莉花——七个花蕊，八个花瓣哦——它弯弯的腰不打结儿。"提着花篮的女子正一颠一颠地叫卖哩。涂满胭脂的粉红脸蛋与笑盈盈的眼把篮里的花映衬得格外香甜，仿佛即刻就能从里面生出蜜来。再听！"小鸡，小金鱼嘞——来几条不来几条，三两条就卖一毛。"年逾古稀的爷爷正歪头晃脑地与睡眼惺忪的小孩逗乐。别看腰板不直，叫卖的气势可丝毫不输。气出丹田，一个音符转九曲十八弯。鱼儿被震天动地的吆喝声惊得四处逃窜，往来翕忽。而小朋友呢，正眼巴巴地望着鱼儿向爸爸撒娇呢。

东边是豌豆黄，西边是酸梅汤，夏天卖萝卜，冬天卖白薯，这一幕幕场景载满了无数沉甸甸的快乐，可现在却只得化作令人魂牵梦萦的思绪，甚至可能掩埋在历史尘埃之中。不过很庆幸，我在一次庙会上听到了北京吆喝，找到了它的薪火。

舞台中央是一位姓王的叫卖表演者，四十来岁，身着大褂，头顶瓜皮帽，正模仿老北京的各种叫卖。只见他左手持铜碗，右手摇小鼓，京腔一开便道出半个京城。他时不时闭上眼蹙起眉，身体跟声音不停律动。时而又猛地吸一口气，长喝一声，颇有排山倒海之势。只一张嘴，原先静卧在棚中的各种蔬果、玩意儿便鲜活起来，烘得空气聒噪。现场刹那间升腾为一处闹市。好一声叫卖，使人想起"我本楚狂人，凤歌笑孔丘。"好一声叫卖，引得掌声无数，使人想起："宝马雕车香满路。"每当这时老王的胸膛就又挺一挺，仿佛上面刻了几个字：京城叫卖。随后我和大家一起学习吆喝，老王笑个不停，欣慰地看着我们这群学生。

表演结束，我采访老王，当我问他干这一行累不累时，他苦笑着点点头。"累，反反复复地开嗓练习，实在聒噪。不过时代有两份深沉的力量赋予了我，就是人民群众的支持和传承吆喝的使命。现在大街小巷都听不到吆喝了，但只要有一个人愿意听，我就尽力去把这门艺术传承好……"我若有所思地点点头。

我想，京城吆喝承接的不仅是历史，还有未来。这份"京城民俗情"应代代相传，经久不衰，历久弥新。

指导教师：伍瑞雯

轻舟已过万重山

郑正　香港

飞龙

陆汯飞　香港

情系四合院

张载堃　北京市三帆中学

六岁时，我开始在西城区少年宫学习书法。西城区少年宫与众不同，它是坐落在胡同深处的一座四合院。

那年夏天，我欣喜又激动地迈入那朱红的大门。院里太湖石的假山、悠闲自在的乌龟、碧绿的柿子树，乃至一株株细细的竹子都能吸引我的注意。穿过大大小小的长廊，推开一扇扇青绿色的木门，和一群同龄的孩子拿起比自己半个胳膊还长的毛笔，一遍遍，稚嫩却认真地写着点、横、撇、捺，有样学样地写下"金色童年""乐在其中"……歪歪扭扭的大字毫无笔法、力度可言，像一堆面条被墨水染黑后杂乱随意地丢在宣纸上。

秋天，院子里两棵柿子树上挂满了果实。听说，这两棵柿子树已有几百年的历史，枝干直入云霄。枝头的柿子像一盏盏小灯笼，白白的霜盖，像雪。柿子红里透白，朦朦胧胧，与碧空遥相呼应。贪嘴的鸟儿禁不住柿子的诱惑，"叽叽喳喳"地前来啄食。红彤彤的"灯笼"和朱红的楹柱相映衬，灰色的瓦当上刻下岁月的刻痕。绿树、红果、青砖、红柱、长廊、嬉鸟、顽童……构成了一幅和谐的四合院秋景图。

年复一年，小塘里的鱼苗已长成近似我手臂粗的大鱼，往来翕忽。院里的玉兰落了又开，短暂又绚烂。晴空下的鸽哨声中，柿子一次次饱满又沉默地挂满枝头。不知不觉，我已在这座四合院里学了八年书法。当年的顽童已长成翩翩少年，宣纸上的"面条"也变成了《兰亭集序》中自由舒展的行楷。傍晚下课后，金黄的阳光洒在青灰色的瓦当上，洒在屋檐下倒三角形的绘有秋兰、霜菊图案的"滴水"上，洒在灰白相间的影壁上，四合院处处熠熠生辉。朱红的楹柱历经百年沧桑，当阳光寂静的光辉平铺的那一刻，我仿佛看见了它数百年前的威严，一个王朝的兴衰，一项民俗的传承，以及我儿时书写"金色童年"的快乐时光……

又是落日西斜。余晖洒满朱红的楹柱、灰瓦的长廊，柿子树的影子渐渐拉长，阳光渐渐滑落，瓦当上的吻兽依然骄傲地挺立着。

我的脚步永远为你而停驻，我的目光永远为你而停留，我的深情永远为你所系。

指导教师：董越

消夏图

李彦樑　香港

滿江紅 岳飛

怒髮衝冠憑欄處瀟瀟雨歇抬望眼仰天長嘯壯懷激烈三十功名塵與土八千里路雲和月莫等閒白了少年頭空悲切靖康恥猶未雪臣子恨何時滅駕長車踏破賀蘭山缺壯志飢餐胡虜肉笑談渴飲匈奴血待從頭收拾舊山河朝天闕

壬寅夏日高詩雅書

岳飞《滿江红》

高诗雅 香港

行走在地坛

宋立京　北京市三帆中学

秋日，下午。又是洒满阳光的日子，又是落叶飞舞的时节。我轻轻地打开那本书，一股清纯之气扑来，恍然间，我正行走在一处荒僻的古园中，铺满地的落叶散发出熨帖而微苦的味道。古殿檐头偶尔几声风铃响。我想起，我行走的地方，是一九七三年的地坛。

我沿着小径行走，看到一棵大松树下泊着辆手摇车。车上的青年正倚着靠背，两眼透出愤怒与绝望，双腿已然瘫痪、萎缩。是他！就是他！我连忙奔去："你真不再想想活的事了？""想，有用吗？"他侧过头，神情厌弃。"残疾人没工作可干，更别提走路了，被人扔在一边，那我活什么劲？活着有什么价值！"他猛捶扶手，牙关紧咬，神情像极了一只笼中困兽。我叹口气，离开他，继续在园中行走。他的路、他的价值，只能由他在古园中行走出来。

夜帘拉下，白月升起，朗照大地。这许是十年后吧。我独自行走在祭坛旁，正撞见他也在摇车漫无目的地"行走"。"你的小说拿奖了，多好呀！"我以为他终于走出了路。"唉，可是母亲已经走了这么多年。没有她，我活不到现在。可她为何就不能分享我的哪怕一点儿快乐？这是为什么？"他掩住面，一滴泪水从指缝中流出。我和他默默在园中行走，看见吹箫的老人，看见嬉闹的孩子，看见鸟雀一瞬间惊飞。最后我对他说："你看，老少人兽，都在按自己的路活着。你又为什么不呢？你就是你自己，你要为自己活。""好吧。"虽然仍不坚定，但我相信他会找到自己活的价值，行走出自己的生命之路。

黑夜消散，白昼升起。晨去午来，光阴暗换。太阳正循着亘古不变的路途越来越大，也越来越红。一个影子从阳光之中走出来。是他。他脸上浮现出微笑，那是对生命苦难彻底了然后的微笑。"你别看这古园被不了解它的人肆意雕琢，但有些东西是任谁也改变不了的，就像祭坛石门中的落日，苍黑的古柏，抑或满地的落叶。其实就像人一样。"望着他的身影消失在炽烈的日光中，我确信他已行走出了自己的道路与价值。我也该回去了。

望着窗外落叶曼妙如舞、奔向归宿，我终于理解了他的话。人的一切都太容易被改变与失去，唯有灵魂不是。人的灵魂，将在挫折与泥沼中行走向前，不断求索，最终行走出一条像地坛石门落日般光明的生命之路。

当身体困乏时，走出去吧，在重新呼吸到新鲜空气的那一刻，全身便会迸发出活力；当精神苦闷时，走出去吧，这个广阔的世界会让你焕然一新。

指导教师：伍瑞雯

圆明园秋月

韩诺祺　北京

文倩

冯文倩　香港

糖牛之美

浦航瑞　北京市三帆中学

恰逢五一佳节，亲友来访，故带其游南锣鼓巷。

徜徉在老北京街巷，穿行于胡同之间，感受淳朴而深邃、热闹却古雅的原汁原味的老北京风情。

"吹糖人儿喽！吹葫芦、公鸡、关公！"一声带着浓浓京腔儿的吆喝引起了我们的注意。只见一位白发苍苍的老者正在叫卖，他身前放着一个炭火炉子，上面支着一口铜锅，摊位上插着一个个栩栩如生、晶莹剔透的糖人儿：肩扛九齿钉耙、憨态可掬的猪八戒；手拿青龙偃月刀、雄姿英发的关羽；身披银铠、燕颔虎颈的林冲……"太精美了！""北京的民间艺术真了不起！"我们不时发出"啧啧"的赞叹声。美轮美奂的糖人儿透过正午的阳光折射出璀璨的光芒，将我们的眼睛牢牢粘住。

"小伙儿，来个糖人儿！只有您想不到的，没有我吹不出的！"老师傅自信满满地向我吆喝道。"师傅您帮我吹个糖牛，五一节，寓意着勤快！""好！"老师傅的手又粗又大，上面布满老茧，像个小耙子，可做起细致活来，一点儿也不含糊。他先用小铲取一点热糖稀，放在沾满滑石粉的手上揉搓，然后用嘴衔起一端，待吹起泡后，迅速放在涂有滑石粉的木模内，手嘴并用，边吹边捏。转眼间原本水滴状的糖块长出了脑袋、身子和尾巴，五官也逐渐清晰明了，他又捏了腿、牛尾等。在他手上整头糖牛似乎活了过来：一双眼睛圆得像两盏灯，炯炯有神，深邃而坚毅；耳朵两旁竖着弯而尖的角，如锋芒逼人的宝刀，威猛无比；一根灵活的尾巴长在身后，好似还一甩一甩的。健壮的躯体、有力的四肢无不使人想惊叹一句："好一头勤劳的开拓牛！"

　　老师傅拿起一根竹扦向上一插，把糖牛递给了我。看着这只惟妙惟肖的糖牛，简直就是一件精美的艺术瑰宝，不禁感叹北京厚重的民俗文化底蕴，体味到传统文化之美，更惊叹师傅行云流水的精湛技艺。我要了一个收藏袋，把这只糖牛珍藏起来。

　　"拨浪鼓儿风车转，琉璃咯嘣吹糖人。"我每每看到这精美的糖牛，耳边便会响起这歌谣，好似回到了昔日的北京，几个小孩闹闹嚷嚷地围着师傅要糖人儿的画面浮现在我的脑海。真希望蕴含着老北京韵味的这门精美的手艺活能一直传承下去，任由时光的流转，千古不变般地存在着！

指导教师：钱玮

祈年殿初雪

郝宇航　北京

《孝经》(节录)

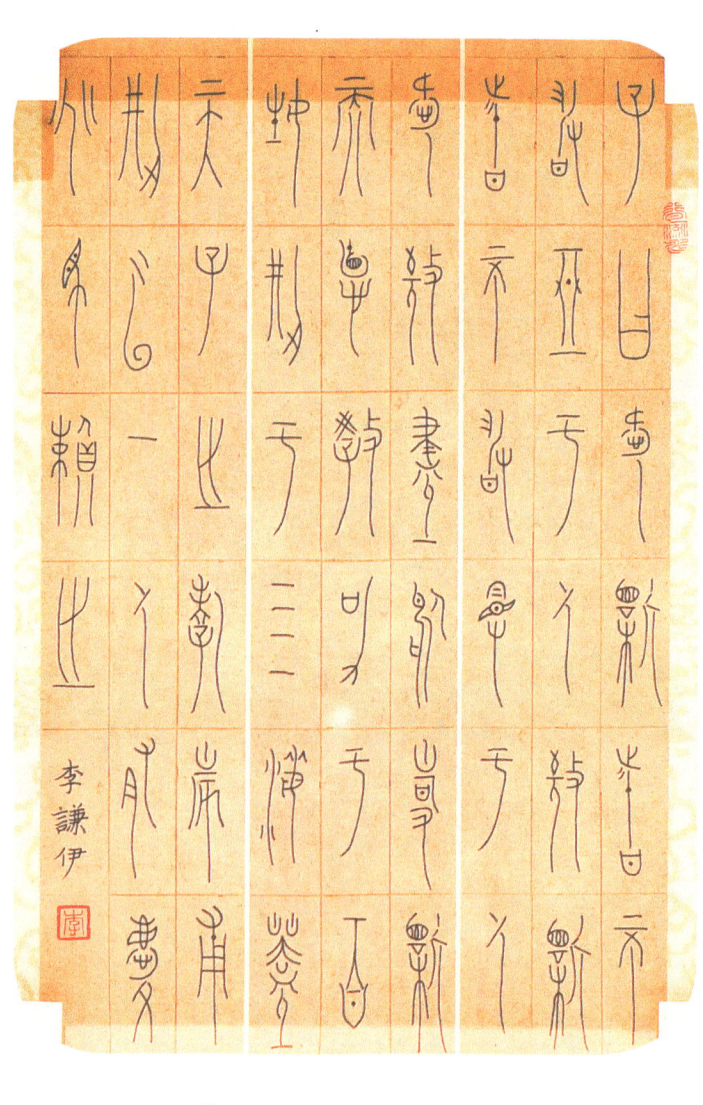

李谦伊　香港

古都新梦

李欣竹　中国人民大学附属中学分校

在浩渺的历史长河中，北京这座古都以其独特的魅力吸引着无数人的目光。这里不仅有庄严肃穆的紫禁城，人群熙攘的王府井，还有历史悠久的千年古刹，现代的摩天大楼。这是一个古老与现代交织的城市，一个充满故事与梦想的地方。

漫步在这座城市中，每一步都能感受到其深厚的底蕴与魅力。

清晨，当第一缕阳光洒在天安门广场上，整个城市便沐浴在金色的光芒中。广场中央的五星红旗迎风飘扬，显得庄严而神圣。四周的建筑，如人民大会堂、国家博物馆等，都以其独特的建筑风格展现着中国的气势与力量。此时，漫步在广场上，可以感受到一种难以言喻的庄重与自豪。

沿着中轴线向北，便来到了故宫。这座宏伟的宫殿群，是明清两代的皇家宫殿，也是世界上现存规模最大、保存最为完整的木质结构古建筑之一。红墙黄瓦，金碧辉煌，每一个细节都透露着皇家的尊贵与威严。在故宫的每一个角落，都能听到历史的回声，感受到岁月的沉淀。

而在城市的另一边，颐和园则是另一番景象。这座皇家园林，以其独特的山水风光和建筑艺术吸引着无数游客。昆明湖畔，碧波荡漾，柳树依依，让人仿佛置身于江南水乡。万寿山上的佛香阁、排云殿等建筑，巍峨耸立，气势磅礴。在这里，可以领略到中国传统园林艺术的精髓，也可以感受到大自然的宁静与和谐。

除了这些历史悠久的名胜古迹，北京还有许多现代化的建筑和景观。例如，CBD的摩天大楼林立，玻璃幕墙在阳光下熠熠生辉，展现着北京的现代与活力。奥林匹克公园则是北京为2008年奥运会而建设的体育场馆群，如今已成为市民休闲健身的好去处。在这里，可以欣赏到鸟巢、水立方等独特而壮观的建筑，也可以感受到运动带来的激情与活力。

夜晚的北京，则是一幅璀璨夺目的画卷。长安街上的路灯与店铺的霓虹灯交相辉映，形成了一片光的世界。王府井步行街上人流如织，各种小吃、特产琳琅满目，让人垂涎欲滴。

当然，北京的自然风光也同样迷人。香山公园的红叶、八达岭长城的秋景、颐和园的四季变化，都是大自然赋予这座城市的美丽馈赠。无论是漫步在山水之间，还是登高望远，都能感受到大自然的壮丽与神奇。

北京是一座充满魅力的城市。她既有厚重的历史底蕴，又有现代的活力与激情；既有独特的自然风光，又有丰富的人文景观。在这里，每一个人都能找到属于自己的故事和记忆。希望你也和我一样被它独特的魅力所吸引和感染。

指导教师：宋薛琦

泛舟

郑同　香港

长亭外，古道边，芳草碧连天。晚风拂柳笛声残，夕阳山外山。天之涯，海之角，知交半零落。一壶浊酒尽余欢，今宵别梦寒。韶光逝，留无计，今日却分袂。骊歌一曲送别离，相顾却依依。聚虽好，别虽悲，世事堪玩味。来日后会相与期，去莫迟疑。

李叔同《送别》

杨逸悠　香港

味道与风景的盛宴

张德　中国人民大学附属中学分校

　　我游览过张家界的峰林，目睹过那无边无际的呼伦贝尔大草原，踏足过古色古香的乌镇，但是我最喜欢的还是我美丽的家乡——北京。这就是我今天想推荐给大家的地方。

　　说到北京就不得不提北京的美食啦！豆香四溢的豆汁、肉质鲜美的北京烤鸭、浓郁香醇的老北京涮羊肉、滑爽可口的炸酱面、甜蜜的豌豆黄、营养丰富的茯苓夹饼……每一味都是北京的味道，每一道都是历史的传承。

　　北京还是一个风景优美的城市，春夏秋冬每一季都有它独特的色彩，如同一幅幅精美的画卷。春天的北京，万物复苏，桃红柳绿。颐和园的昆明湖畔，荡漾着轻柔的波光，柳枝随风轻拂，湖面上偶尔划过小船，带起一圈又一圈细腻的涟漪。走在颐和园的长廊下，可以欣赏到壁画上的历史故事，感受到古代工匠的精湛技艺。

　　夏日的北京，绿茵如盖，繁花似锦。中山公园里，参天古柏静静伫立，仿佛诉说着千年的故事。游人在这里参观，不仅可以感受到古代帝王祭祀的庄严，也可以在其中寻到一丝清凉。

　　秋天的北京，天高云淡，气爽风清。居高临下的景山公园，是观赏北京城市全景的最佳地点。金黄色的银杏叶铺满了小径，踩在脚下沙沙作响,那是秋天独有的乐章。

冬天的北京,银装素裹,冰雪皑皑。故宫的琉璃瓦在阳光的照射下,闪烁着金色的光泽,更显得庄严肃穆。北海公园的湖面结冰,孩子们在上面欢快地滑冰,笑声在寒风中回荡。

北京不仅有着丰富的历史文化遗产,它的现代化面貌也同样令人瞩目。夜幕降临时,CBD 区域的高楼大厦灯火辉煌,与夜空中的星光相映生辉,展现出一派繁华景象。北京的地铁网络四通八达,为人们的日常出行提供了极大的便利。

从古老的四合院到现代的摩天大楼,从静谧的古刹到繁华的商业区,北京以其独特的方式诠释着"美丽"。每一条街道,每一座建筑,都承载着故事,都展示着这座城市的过去与现在,以及对未来的无限憧憬。美丽的北京,是一个永远值得探索的地方。

指导教师:宋薛琦

一家亲

江卓蔚　香港

刘禹锡《陋室铭》

蔡钰淇 香港

山不在高有仙则名水不在深有龙则灵斯是陋室惟吾德馨苔痕上阶绿草色入帘青谈笑有鸿儒往来无白丁可以调素琴阅金经无丝竹之乱耳无案牍之劳形南阳诸葛庐西蜀子云亭孔子云何陋之有

刘禹锡文陋室铭
蔡钰淇

我为北京中轴线申遗助力

邵筠悠　中国人民大学附属中学分校

　　你知道吗？北京中轴线正在申请世界文化遗产。而我则有幸成了一名北京中轴线的宣讲员，为中轴线申遗献出了自己的一份力量。

　　北京中轴线指北端为北京鼓楼、钟楼，南端为永定门，纵贯北京老城，全长 7.8 公里的一个城市历史建筑群，景山、故宫、太庙、社稷坛、天安门、正阳门、前门大街等建筑都在其中。

　　为了做好北京中轴线的宣讲，我做了很多的准备工作。参加了一节培训课，了解了很多关于中轴线的历史。又在网络上收集了更多信息。而后，我又和爸爸妈妈一起演练了几遍。准备充分后，我便踏上了助力中轴线申遗之旅。

　　这天，天气晴朗，碧空如洗。我怀着忐忑不安却又兴奋激动的心情来到了中轴线的第一站——正阳门前。

　　我很快锁定了目标，那是一个和我年龄相仿的小男孩。他和他爸爸一起站立在正阳门前。我小心翼翼地靠了过去，轻声说："同学，你想了解一下关于北京中轴线的知识吗？"小男孩一脸诧异地看着我。我壮了壮胆子，又大声说了一遍。小男孩和他爸爸都颇有兴趣地看向我。我顿时紧张起来，但还是硬着头皮，把在家中准备好的知识一股脑儿都背了出来。小男孩和他爸爸又问了几个问题，我在脑中快速地搜索了一下，也一一解答了。小男孩用我事先准备好的红笔在我的申遗证书上涂了一个大大的爱心，又和我合影留念。第一个任务就这样圆满完成了。

　　接下来，我又选出来几位游客作为我的宣讲对象，有独自一人旅游的大学生姐姐，有带着小宝宝的一家三口，还有一对白发苍苍的老爷爷老奶奶。我的声音越来越洪亮，宣讲越来越熟练，自己也变得越来越自信了。

　　几个小时过去了，不知不觉中我的任务完成了。虽然我非常疲惫，心中却十分喜悦。我整理着申遗证书和合影，打算一会儿就回家了。正在这时，一个声音响起来。"Hello, it looks so interesting！"我一抬头，一位棕色头发、蓝眼睛的外国小哥哥，正指着申遗证书上的数字名片和我搭话。我此时已经筋疲力尽，只想早早回家休息。怎么办，是草草糊弄过去，还是为他详细讲解呢？但想到自己的身份，我马上找到妈妈，把自己不会用英文表达的内容在网上搜索出来后，便开始向外国小哥哥介绍起来。外国小哥哥频频点头，露出了满意的笑容。我的心里也乐开了花。

　　北京中轴线是一份独一无二的历史遗产，能为它的申遗助力，我既骄傲，又自豪！

飞檐翘角在中轴 雨燕所到见龙首

周子艺 北京

范仲淹《渔家傲·秋思》

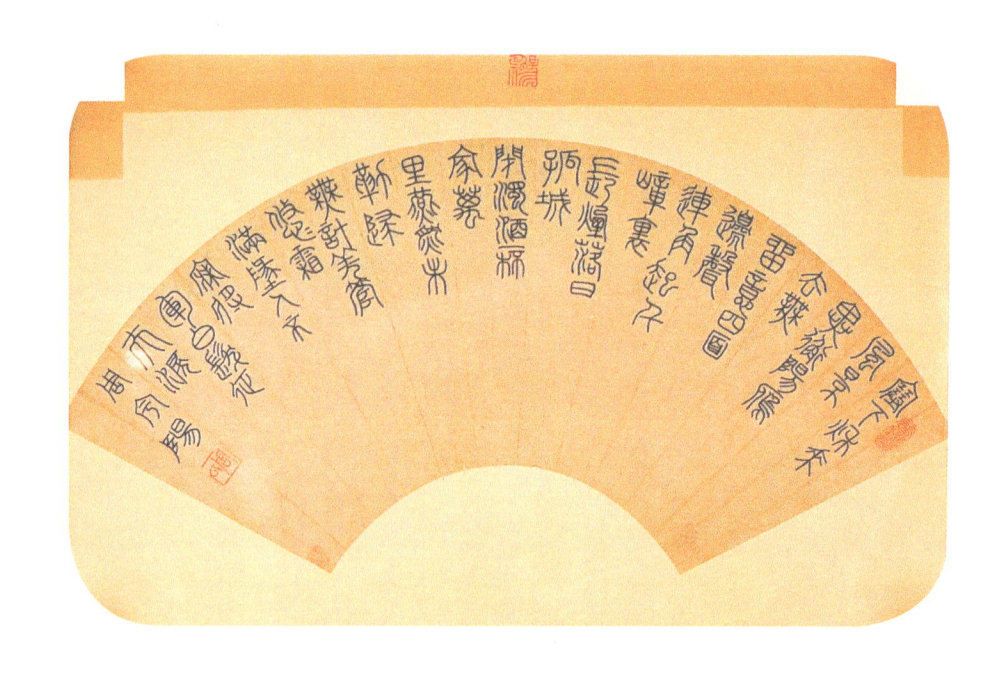

周宇阳 香港

一封"家"书

王子萌　中国人民大学附属中学分校

亲爱的香港小朋友：

你好！我是人大附中分校三年级的一名小学生。很高兴以写信的方式向你介绍我的家乡。我的家乡是首都北京，这里蕴含着丰富的历史文化，有巍峨雄伟的长城，有建筑规模宏大的故宫，还有被誉为"皇家园林"的颐和园。但我今天想给你介绍个特别的地方，它虽然没有故宫、长城那样秀丽壮美，但在我眼中，它却有着迷人的魅力，这就是北京的胡同。聊起胡同，我更喜欢用"人情味"和"烟火气"来形容它。

胡同里住着许多老北京人，他们悠闲地在这里生活。每天早上，有的哼着小曲儿，提着鸟笼在胡同里溜达，鸟儿们都欢快地唱着歌。到了下午，穿行在胡同里，随处可见的是三五成群的老爷爷和老奶奶。他们聚在一起下棋、打扑克，个个脸上都洋溢着灿烂的笑容。

胡同里最让我留恋的是那走街串巷的小吃，有冰糖葫芦、炸酱面、豆汁儿、卤煮等等，真是数不胜数，光是想想，就馋得我流口水啦。在这些小吃中，我最喜欢的要数冰糖葫芦啦，传统的冰糖葫芦是用山楂为主要材料，用竹扦将它们穿起来，外面裹上甜甜的糖浆，远远望去好像一串串火红的灯笼，咬一口，酸酸甜甜的，味美极了。

北京的胡同好像一座活的历史博物馆一样，记录着城市的发展，每一条胡同都有它自己的故事，胡同里的一砖一瓦都是历史的证明。北京的胡同好像是北京人的根，无论城市如何变化，胡同总是保持着它的安静与祥和，给人一种家的感觉。北京的胡同也是这座城市中一道美丽的风景线，这里记载着许多我小时候的欢乐时光，每次在胡同里溜达，妈妈都会给我讲起她小时候的故事。

　　这就是我生活的地方。

　　这样的北京胡同，这样的北京，你喜欢吗？期待你的回信！

指导教师：宋薛琦

中西融合迎回归

钟婉婷　香港

施惠勿念
受恩莫忘

張祐銘書

张祐铭　香港

施惠勿念

秋在京城的街头

欧皓涵　北京市西城区德胜中学

老舍曾经说过："秋天一定要住在北平……北平之秋便是天堂。"北京的秋绝对担得起这句赞誉。北京街头的秋是艳阳下天空的明澈清高、一碧如洗；是夕阳中鼓楼和白塔的耀眼瑰丽、熠熠生辉；是秋雨后红墙内外树木的枝叶尽染、落英缤纷；是四合院里秋花最后的多姿绚烂与瓜果飘香；当然还有胡同口和街心花园里，优雅闲适的人们的那份从容与沉静……

如果晴朗的秋日有幸路过后海，不妨站在银锭桥上欣赏一下北京醉人的秋景。先抬头看看那湛蓝的天空吧，天蓝得好似一片澄澈的海，与眼前的碧波呼应交融。倘若天上有几朵白云，白云就宛如那海上的白帆，丝丝缕缕地飘荡在这片蔚蓝之中，向西极目远眺可以清晰地看见远方的西山如波涛般连绵起伏。

临傍晚时，坐在胡同口的石凳上，晚霞橙黄色的光晕懒散地洒在眼前的大地上，抬头看那钟楼、鼓楼，都披上了光彩夺目的衣裳，整个世界都像镀上一层金边。太阳那边的天空和云朵被浸染成五彩的颜色，红里透着粉，粉外镶嵌着紫，而胡同周围的天空，依旧是通透的蓝，上面凝固着朵朵厚厚的云，仿佛油画般绚烂美丽。

初秋漫步在红墙外的街头，调皮的银杏叶变色龙般褪去了翠绿的衣裳，有的把自己的裙摆涂成了黄绿分明的两色，有的直接给自己穿上了一层亮着光的黄色轻纱，它们在风中抖动着，发出"沙沙"的声音，与背后红墙琉璃瓦的肃穆古朴，汇成了一幅交相辉映的美图。

这时，四合院里的桂花正在她的舞台上绽放着她的独有魅力，她的香气沁人心脾，吧唧吧唧嘴，仿佛已经感受到桂花糕的甜味。那片金黄紧紧挨着枝头，有簇成一小团一小团的，也有大朵盛开的。不是春花的娇柔，也不是夏花的火热，更不像冬天梅花那般孤傲。她正如初秋一样，不娇气，且带着份青涩；不清高自傲，还带着些大气，虽不是菊花，却有些"满树尽带黄金甲"的意味了。

下午时分，人们纷纷从胡同的院子和周边小区里来到街心花园，尽情地享受着秋日的好时光。小孩子们兴高采烈、嬉嬉闹闹地在做游戏，几位老人一边优哉地拉着京胡，一边哼唱着京戏，大学生们也仿佛一下成熟许多，坐在梧桐树下，专心致志地看着书。秋风掠过，偶有几片枯叶落下，却全然打搅不到他们。

太阳下山后，天空变成一张黑色帷幕，星星是这出哑剧的主演，它明亮地挂在天上，无声述说着秋的故事。古老的城楼威严地矗立在秋风中，如同一位伟岸忠诚的卫士。风中传来秋虫欢快的鸣叫，街头只留下星星与路灯，闪烁着薄光，偷偷地传递着眼神。

"自古逢秋悲寂寥，我言秋日胜春朝。"北京街头的秋天，不同于人们对秋天"枯藤老树昏鸦"的印象，更没有萧瑟肃杀的悲凉，带给人的是皇城根下一种特殊的恬静与沉稳。

指导教师：刘英瑾

夜幕下的中央电视台

崔永淳　北京

望岳

岱宗夫如何，齐鲁青未了。造化钟神秀，阴阳割昏晓。荡胸生曾云，决眦入归鸟。会当凌绝顶，一览众山小。

施伊漫书

杜甫《望岳》

施伊漫 香港

治水

殷晨宸　北京市密云区第五小学

大家都知道，山哥和水妹是密云创建全国文明城区的宣传者和代言人。密云有山有水，又大又美，山和水代表了我们密云的特色。第一次看到它们是在长安小区外墙的宣传画上，它们是那么栩栩如生，惹人喜爱。

两年前我还是个南方小女孩，来自诗画江南，山水浙江。因爸爸工作调动，我们来到密云生活。如今，我非常喜欢密云这个地方，家门口的奥林匹克公园是我周末最常去的地方，潮白河穿城而过，碧水绕城流，清风拂面来，真是个放松身心的好地方。

清明节期间，我还去了邓玉芬雕塑主题广场，沿途经过了美丽的密云水库，站上观景台，多种水鸟觅食嬉戏，阔大的水面宛如一面明镜，山灵水秀的美景尽收眼底。

妈妈告诉我："密云水库是北京唯一的饮用水源供应地，习爷爷曾给建设密云水库的乡亲们回信，称赞密云水库是无价之宝呢！作为密云人，人人都有爱护环境、护林保水的神圣职责。"

"这'护林保水'和老家浙江的'五水共治'是一回事吗？"我问妈妈。二年级的时候，我可还是节水小能手呢！

"这个问题还是让爸爸来告诉你吧！"密云素有"八山一水一

分田"之称，早在 2020 年，北京市和河北省两地政府就携手推进"生态保水、执法保水、科技保水、工程保水、河长制保水"五大行动，京冀协同治水成效显著，潮河、白河水质持续保持Ⅰ类，密云水库作为全国首批美丽河湖优秀案例进行展示，为全国饮用水源地保护起到借鉴和引领作用。

而五水共治，包含治污水、防洪水、排涝水、保供水、抓节水，是一举多得的举措，既优环境更惠民生。

治水，不仅是大人的事，也是小学生的使命和职责。多了解家乡，就让我们在日常的生活中更多一份使命和荣誉感，坚持做护水节水的小公民。从南方到北京，无论我们身在祖国的哪里，绿水青山都是大美的中国。

指导教师：邢青青

我爱北京

庞熙林　北京

富贵三春景
平安两字金

李紫琦
甲辰年己巳月书

平安两字金

李紫琦　香港

"小水滴"守护密云水库

廖欣怡　北京市密云区溪翁庄镇中心小学

阳光穿透云层，洒在密云水库如翡翠般的湖面上，波光粼粼，犹如一幅大自然的画卷。这座肩负着北京市民饮水与防洪重任的大型水库，是我们共同的家园。作为小学生的我们，参与保护密云水库的工作，成为一道独特的风景线。

我校倡导全体学子踊跃投身行动。我，一颗微小的水滴，矢志为节水护水献上自己的一份力量。我戴上志愿者臂章，着一件志愿者马甲，趁着周末闲暇，步入街头巷尾，将亲手搜集的节水小窍门一一传递至村民手中，与之共享智慧，共同实践节水之道。我紧随护林保水监督员，踏入工作岗位，积极引导往来游客远离水库，守护绿色家园，劝诫乱丢垃圾、损坏树木之举。借助监督员的小喇叭，将我编写的节水护水儿歌传递给每一个人。自那时起，我就坚定信念，志愿工作之路，我将持之以恒。

密云水库在步入休渔期之后，其周围的渔船纷纷离库，统一驶向远方的彼岸。水库管理部门着手开展一场增殖放流的盛事，旨在借助鲢、鲤、鲂等滤食性鱼类的神奇力量，净化水质，优化生态环境，进一步推动密云水库生物多样性的蓬勃发展。身为"小水滴"的我，虔诚地聆听着密云水库综合执法大队等执法机关的叔叔们，向我阐述增殖放流的深远内涵与意义。我手持盛满鱼苗的水桶，将一条条可爱的鱼儿撒向碧波荡漾的密云水库。鱼儿们兴奋地摇动着尾巴，欢快地游向温暖的水域。

  我们要学会感恩，珍惜密云水库赋予我们的美好生活。我们要感激大自然的馈赠，更要铭记那些为保护密云水库付出艰辛努力的人们。让我们携手共建绿色密云，为家乡的美好未来贡献自己的一份力量。

指导教师：朱作军

羚羊

冯俊华　香港

崔子玉《座右銘》

林君熹 香港

無道人之短無說己之長施人慎
勿念受施慎勿忘世譽不足慕惟
傷無使名過實守愚聖所臧在涅
人為紀綱隱心而後動謗議庸何
貴不溷臆臆內含光柔弱生之徒
老氏誡剛彊行之苟夫志慈二故
難量慎言節飲食知足勝不祥行
之苟有恆久久自芬芳

我心中独特的北京

李浩翔　北京市西城区德胜中学

闲时读书，偶然看到一个观点：年轻人没有清晰且独特的"故乡"认知。我张开嘴，想要辩驳，却发现无言以对。是啊，对于我的故乡，北京，我的独特认知，该是什么呢？

我突然想到了北京的天。北京的天蓝起来的时候，蓝得那是真独特。北京的天若真蓝起来，没有一丝蔽拦，一切全在灿阳的洗礼下，一切都在温和的普照中。你睁眼去看这一切，就好像是第一次睁开眼，抑或世界是新的，万物都被洗刷干净了。

这样的天确实少见，至少我只在北京见过。在北京，这样的天大多会在某个秋日突然撞上。一抬眼，遇上没有一丝云气的澈蓝。拂过一缕微风，秋高气爽。我会想起我在同样这么蓝的天下，与谁一起走过，又和谁别过。也许还会想到"秋容如拭"，写得真好。我的故事都发生在北京，同样的蓝即便在外地别处见了，也不会像在北京一样，想到这些。我眼中的北京的天激荡着我的思绪，于是这片湛蓝与湛蓝下的生活于我是独特的。

北京的胡同也很独特，不仅因为只有北京才有胡同，还因为北京的胡同中有着别处所没有的东西，那便是北京人与北京话。

胡同是很窄的，因此住户间都离得很近，"抬头不见低头见"

说的就是这样。这句俗语后面还有大家都会意的后半句：是街坊就要互相帮助嘛！我认识一位大爷，姓崔，特热心，平时一溜街上的人都找他修理家电。他来者不拒，事毕后必会爽朗地笑笑，再和主家聊上好一阵。有时赶上饭点儿，自然就一起吃了。我们家的水龙头，就是他修的。这是胡同里北京人才有的热情，仿佛谁和谁都是本家一样。老北京们，好像谁对谁都是"特殊关照"一样，有着普遍却独特的热情。

崔大爷是我认识的人中，京味儿最浓的一个了。和他聊天儿，听着他的京话，会让你有种难以言表的舒心。在街上遇见了，他准会说："嘿！吃了吗您？"这是老北京普遍的问候语。这一声"嘿"，好像是从胸腔中轻快地爆破出来的，如同羚羊挂角一般在空中；然而"吃了吗"三字又捯得很快，音调也逐字下落；及至一个"您"，尾音荡秋千似的往上一甩。于是这一句话从半空落下，把问候递到耳边，又飘回蓝天。听了这句话，便会激起我心中那缕烟火气。我从小听京话，略得京韵一二，发现北京人说话都像这般，话音高高低低变化多，风趣里透着安闲，悠扬里藏着热忱——这热忱是待人接物、邻里帮忙的热情，也是对生活点滴的热情。我从小听京话，说京话，大概也承接了其中蕴藏着的独特的热忱吧。

我是千千万北京人中的一个，然而我在北京的生活是独特的；我只是一个我，然而我对生活的独特热忱却是普遍在每个老北京心中的。独特而普遍，平凡又特殊，这便是我心中独特的北京。

指导教师：刘英瑾

绵延万里东方巨龙

秦一岚　北京

北京——载着太空梦的城市

卢知琪　北京市海淀区翠微小学

　　北京是一座古老而现代的城市，也是我深爱的家乡。这里不仅承载着厚重的历史，还在不断孕育着丰富的文化，这里的每一处都散发着独特的魅力。我热爱这片土地，热爱这里的一切。我喜欢听姥姥、姥爷讲述那些古老的传说，更喜欢在周末和家人一起参观那些大大小小的博物馆和科技馆，游览名胜古迹。其中最让我着迷的，就是去北京天文馆了，在这里，能展开我对宇宙和太空的所有畅想。

　　作为一年级的小学生，我对神秘的宇宙一直充满了好奇。虽然现在还小，不能亲自到野外去看星星，平时生活在城里，也没有办法看到漫天的繁星。但是，每次晚上跟爸爸妈妈在楼下小公园遛弯时，总会听大人讲起这浩瀚的夜空，夏天有壮观的银河，牛郎和织女隔河相望；冬天有雄伟的猎户座，福禄寿三星高悬夜空。这些星星在城市的夜空里并不明显，但对我充满了巨大的吸引力。

　　不过，我会经常到天文馆参观，这里可以让我更好地了解与宇宙有关的一切。在巨大的天象厅里，半球形的天幕正扣在上方，就像是一个人造的天幕。在这里可以忽略时间、地点和天气的影响，在白天，我们就能看到精彩的天象演示。我们可以看到北京一年四季中的标志性星空，找到天上对应的那些星座，我还找到了黄道上的十二星座，我可是室女座的哦！在天象厅里，流星、月食和日食都能很形象地演示出来，让我惊叹不已，等我更大一些了，我一定要跟爸爸妈妈去亲眼看看精彩的日食！

在天文馆的主展厅里，还有我国制造的月球车。听讲解员阿姨说，我们国家发射了好几辆月球车，还有一辆火星车；月球车能到月亮上挖矿，并把挖到的矿石带回地球，这是多么神奇的事情！这辆带六个轮子的车也太厉害了吧，也许有一天，我能开着这样的月球车，到月亮上去找月兔聊天了。

我了解到，我们国家很多的太空探索和研究机构，都位于北京。这里有火箭和航天器的设计院，有卫星和空间站的制造厂，有负责航天测控的航天城，还有天文台和观象台，以及可以学习各种太空知识的天文馆和科技馆……这些地方我都想去看一看！

家乡北京，是一座古老的城市，有着千年的历史文化，也是一座面向未来、面向太空的城市。在这里，过去和未来交织在一起，不断激发着我们对于宇宙和太空的畅想。科普片里说，人类的未来在太空。我也期待着有一天能够亲自驾驶飞船遨游太空，探索宇宙的奥秘。

指导教师：王媛媛

独特的香港

关韵希　香港

夏日北京

宋天宇　北京市海淀区教师进修学校附属实验小学

北京是一座四季分明的城市。春的绚烂，夏的奔放，秋的斑驳，冬的肃穆，织就一幅绮丽的京城画卷。四时风光虽然各有特色，但我最爱的是夏日的北京。有蝉鸣，有荷花，有萤火虫，有冰镇汽水，还有我最惦念的暑假。

北京的夏天总是来得轰轰烈烈。一进入5月，夏天就踩着立夏的鼓点横冲直撞而来。春装还没穿几天，就得换上短袖了。到了6月，北京"土特产"桑拿天开始粉墨登场，潮湿闷热的天气里，大街上的人都少了。这时候人们就盼着下一场暴雨，好睡个安稳觉，"一枕风雨到天明"。

我喜欢夏天傍晚到什刹海乘凉。从荷花市场牌楼进入，漫步湖边，放眼望去，荷叶密密地覆盖在水面上，卷成团团绿云。借着湖面的水汽，把白天的暑气冲淡不少。蝉藏在树荫里，一声声地叫着，不知疲倦。自由自在的暑假里，就这样随意走着、看着，口干舌燥时再来一瓶冰镇北冰洋汽水，小孩子的快乐就达到了顶峰。

离开什刹海往外走，附近的胡同幽静深邃，别有洞天。胡同里的葡萄架、石榴树是天然凉棚，树下经常看到几位大爷躺在躺椅上，一边喝茶一边聊天。手里的大蒲扇不急不缓地摇着，手机里还吱吱呀呀地放着音乐或者京剧，别提多惬意了。漫步胡同，看着躺椅上的大爷们，即使是在逼仄的钢筋水泥一隅，也能让人暂时忘却这座城市的喧嚣。心静了，夏夜更觉痛快了。

　　这就是我生活的城市，鲜活的夏日时光。北京的夏日虽然漫长，却如旗帜般燃烧，在我的脑海里留下不灭的光芒。

指导教师：高淑芳

我爱北京

崔晏琪　北京

我的大北京

张巍　北京市第十四中学

　　我在北京出生，在北京长大，是个地道的北京女孩。我呼吸着北京的空气，喝着北京的水，沐浴在北京明媚的阳光里，说着一口京味普通话。北京是我的家乡，我爱我的家乡。

　　北京是我们祖国的首都，共有 16 个区，常住人口 2000 万左右，总面积 16000 多平方公里，有着悠久的历史和高度发达的现代文明，是个名副其实的国际大都市。

　　在北京，我们可以听到各种方言外语，看到身着各具特色的少数民族服饰的人们和不同肤色瞳色的外国人，能吃到各种地方美食——鲁菜、川菜、湘菜、粤菜、东北菜，各种地方小吃也是不胜枚举。是什么让这些外地人和外国人能舍得离开他们的家乡来到北京呢？这还要从一种地方小吃说起。一次，妈妈很想吃她老家的一种小吃——炒焖子。这种小吃制作过程很复杂，以前只能在她老家吃到。后来在北京的一家美食城找到了这种小吃，妈妈很高兴，吃完之后还和店里的阿姨攀谈起来。原来阿姨是妈妈的老乡，当妈妈问她什么时候来的北京打工时，阿姨的话也说出了大多数来北京打工的人的心声："北京经济发达，自己有手艺，只要肯吃苦、肯付出，就一定能赚到钱。北京的人多，而且哪里的人都有，各种美食都能受到欢迎。北京的人好，无论是租房子的房东大妈、美食城的负责人，还是来店里吃饭的客人，每个人都有礼貌、善良、热情，出来打工很辛苦，但是每一天都很开心，这点最重要啦！"

是的，北京之所以能吸引那么多的人投进她的怀抱，有各种原因，但是热情好客、文明礼貌的北京人一定是一个重要的原因。如果你是来北京的一位游客，当你在街上问路，路上的好心人一定会清楚明白地告诉你，说不定还会热情地带你走一段路。如果你是来北京办事，那么那些工作人员热情的态度和高效的工作效率一定会让你心生敬佩。无论你是因为什么原因来到北京，在北京的各个角落、大街小巷都能感受到北京人的热情。北京人用他们的热情欢迎着来到北京的每一个人。有人说北京真大，我想说北京人的胸怀更宽广，他们用自己宽广热情的胸怀接纳来到北京的每一个人。

我是新时代的北京人，我要努力学习、奋力拼搏，为北京的发展贡献自己的微薄力量，也把北京人的热情传承下去！

我爱你，我的大北京！

指导教师：张曦

我爱北京

伍芸槿 北京

万宁桥的记忆

刘启圣　北京市第十四中学

北京是一座拥有悠久历史和璀璨文化的古城，最有代表性的历史遗迹当数中轴线建筑群。南起永定门，北至钟鼓楼，中轴线自元代以来就一直是北京城市规划的坐标。中轴线上有故宫这样的古代皇家宫殿，也有天安门这样的重要城楼。

作为一名北京中学生，我对中轴线非常熟悉，最爱的当数中轴线上的万宁桥——一座默默守护着京杭大运河的古桥。这座桥已经在京杭大运河玉河段上横跨了 700 余年，它的名字意为"万年永宁，坚固不朽"，仿佛在向人们诉说着它悠久的历史。

一个夏日傍晚，我约上三五个好友一起去玉河上的万宁桥玩耍。我们在桥上追逐玩耍，欢声笑语在古老的石桥上回荡。突然，桥下传来一阵欢呼声，我们好奇地凑过去，发现几位老人正在桥边下棋，他们脸上洋溢着幸福的笑容，河里的荷花也随着他们的笑声左右摇曳。

其中一位老人看到我们，热情地招呼我们过去。他告诉我们，玉河曾经是繁忙的运河，南方粮食和丝绸源源不断通过运河运到京城。如今，虽然运河不再繁忙，但万宁桥依旧是他们生活的一部分。每年夏天，他们都喜欢来这儿下棋、会友、欣赏荷花，与桥下的鱼儿嬉戏。这不仅是一种休闲娱乐，更是一种与历史的对话。

老人还提到，万宁桥还是观赏象浴的地方。元朝忽必烈接受了来自缅甸进贡的大象，他非常喜爱这些超凡的动物，对他的大象宠物有求必应，到了伏天，北京天气闷热，饲养员就会带着大象来玉河洗浴纳凉。人们可以站在万宁桥上来观赏象浴这一场景。《马可·波罗游记》中对此也有记载。尽管现在看不到大象来玉河玩耍，但万宁桥下依旧保留着它们的足迹。"你看，那个是不是大象的脚印！"听着老人的故事，我仿佛穿越了时光，看到了当年大象在河里嬉戏的情景。

随着夕阳西下，我们告别了老人，继续在桥上玩耍。万宁桥的故事，是我们北京人生活的小故事。它见证了我的欢乐，记录了我的成长。在这座连接过去与现在的古桥上，我找到了属于自己的北京记忆。这些记忆，像万宁桥一样，永远珍藏在我的心中。

指导教师：张曦

龙卧长城

王馨田 北京

大大的北京 小小的我

刘子衿 北京市第十四中学

有一座城，它历史悠久，人文荟萃。如果说上海是世界瞩目之明珠，那么它就是华夏千年文明之魂室。优雅端庄的紫禁城，宏伟壮丽的天安门，红墙金瓦映余晖，宫阙嵯峨接霄汉——它就是北京城。吞吐乾坤，繁华盛景，尽显中华之魂魄。

紫禁城头飞白雪，坤宁宫内音尘绝。走进故宫，就像走入了一部时间简史。从午门进入，穿过太和门，一座座富丽堂皇的宫殿映入眼帘。金黄色的琉璃瓦在阳光的照耀下散发出光芒，兀显华丽，雕梁画栋，尽显皇家气象；万里长城蜿蜒盘旋，凝聚着磅礴不息的生命力，承载着人民的万众一心，书写着中华民族永恒的精神；钟楼、鼓楼标记着晨钟暮鼓里百姓们的作息，钟鼓声代表着农耕的结束或新一天的开始，凝集了古代人们的智慧，为作息的统一打下了基础；护城河——北京的母亲河，如丝绸一般环绕着每个区域，将整个北京城揽入怀抱；"风调雨顺"是家家户户的愿景，皇帝每年带着朝廷众臣在祈年殿前跪拜，为百姓们祈祷着秋天的收获和生活的殷实……

北京，不仅仅是一座历史古都，并且兼容并蓄东西方文化。

古典与现代交织。鸟巢——以其独特的设计和宏伟的体量，无疑成为中国乃至全球体育建筑的标志之一；水立方——无数奥运健儿夺得桂冠的地方，一块块闪闪发光的玻璃承载了一颗颗中国心。

北京的美，不仅仅刻在历史的里程碑上，同样藏匿于胡同里那抹浅浅的灰中。抛开车流人群，把高楼遮起，狭窄的街道里，时不时有人吆喝："卖冰糖葫芦嘞……"斑驳的树影印在掉了漆的墙角，安静得像幅油画，瓦片勾勒出的屋檐披上了一层金纱。孩子们放学了，吆喝声又渐渐响起，此起彼伏，有条不紊。甜甜的桂花糕，晶莹的糖人儿，绵软的驴打滚儿，胡同里的人熙熙攘攘，都随着暮色融进那浅浅的灰里去了。北京人的生活就是这样，朴素美好，在胡同中传承着一代又一代。

文人墨客云集，诗酒画茗风流，古有刘禹锡"从容自使边尘静，谈笑不闻枹鼓声"，今有青年学子心怀壮志，笔耕不辍。1919年，五四运动在这里爆发，在时代的浪潮中，青年们站在了风口浪尖，以无畏的勇气和坚定的信念，为国家的独立和民族的解放而奋斗。1937年日军在这里发动"七七事变"，标志着中国全民族抗战的开始。1949年，傅作义接受和平改编，北京和平解放，从被侵略到"中华人民站起来了"。1984年，在北京天安门，中国第一次向世界公开展示了现代化武装力量，"为人民服务"的口号响彻云霄……

有一座城，这里有厚重的历史与平凡的生活。它很美，美在浑厚的历史长河中，美在科技发展的时代中，美在灰色的砖瓦间。城市依旧在不停变迁，可那一份独属于北京人的温暖，永不消逝。

指导教师：张曦

紫荆盛放贺回归

何美姗　香港

古都

汪心怡　北京市三帆中学

在童年的记忆中，北京是个极其熟悉的地方。北京的样子，是天安门城楼上迎风飘扬的五星红旗，是毛主席像温和、慈祥的笑容；北京的声音，是老人们坐在巷口摇着蒲扇唠家常，是戏台子上悠扬婉转、令人着迷的京剧声；北京的味道，是酸甜的糖葫芦在舌尖上融化，是春节时肚子圆润，一口爆汁的"胖"饺子。

北京城的冬天，是温暖的。卖糖人的老爷爷推着他那有些破旧的小推车经过巷子口，是童年的我在一整个冬天中最为期待的事。不用老爷爷费力吆喝，胡同里的孩子们只要一闻见那熟悉而甜蜜的味道，便苦苦缠着父母讨几毛钱，跑到糖人摊儿那里，生怕晚去一秒糖就不够了。制作糖人的过程，孩子们一个个都睁大了眼，眨也不眨地看着老爷爷在板子上作画，不管是十二生肖还是话本里的人物，老爷爷总能惟妙惟肖地画出来。拿到糖人，孩子们总要看上很久都不愿舔，恨不得将这活灵活现的模样刻在脑子里，品味上一个冬天，直到糖人快化了，才一点一点、小心翼翼地去吃，一滴都不会浪费，糖人的棍子，刚吃完也舍不得扔，时不时拿出来看一看，就仿佛又咬了一大口糖人，那甜蜜温暖的味道永远也忘不掉。

北京城的建筑，是古老的。城中的每一个角落，或许都有一个人、一个家、一个王朝、一段历史的深刻痕迹。说起许许多多以北京作为首都的王朝在这里留下的痕迹，最先让人想起的就是极具代表性的北京中轴线和位于中轴线中央的紫禁城，它在北京人的心中不只是一个国际闻名的旅游景区，更象征着中国古代文化的辉煌凝聚，表达了中国延续至今的对称之美，是值得所有中国人为之骄傲、努力保护的宏伟建筑。

走进太和殿，龙椅高高地矗立在金碧辉煌的殿堂中央，与院内整体的大气磅礴相比，这里的气氛更加严肃，结构更加精巧，装饰也更加细腻。在这里，我仿佛看到几百年前在这里天子面南称尊、应天从民，大臣们出谋划策、唇枪舌剑……那些历史的声音，回荡在故宫的上方。它们的美，一成不变地被保存在了故宫的殿宇之间。

北京的美，也从胡同中渗透出来。淅淅沥沥的雨珠从胡同旁宅院的屋檐上滚落下来，规律地敲击着青石板铺成的路面，形成一段美妙的旋律。雨水将胡同两侧的矮墙冲刷得格外干净，它们汇集在墙角的凹陷处，形成一片水洼，倒映着路旁梧桐青翠的枝叶。这一切，形成了属于北京胡同的美。

北京，是一座值得我们去爱、去探索、去体验的城市，它就像从红通通的灯笼里透出来的光，是无论走多远都会温暖你、帮你照亮前路的光，仿佛在说："无论距离多远，天空多么黑暗，祖国，永远都是中国人可以依靠的港湾。"

指导教师：苟爱玲

香港景画

毕嘉琪　香港

幸福升级中

白语桐　北京市丰台区嘉佑小学

在北京，有一个文明又整洁的城区，它叫丰台，我的家就在这里。

丰台是一个充满生机的地方。无论你在丰台的哪个街道上，你都会看到道路两旁种着高大挺拔、树叶密不透风的大树。

丰台有很多湿地公园，比如离我家最近的南苑森林湿地公园。在这个公园里面有很多动物，其中鸟类有 116 种，3 种两栖爬行动物，还有鱼类 10 种，蜻蜓和蝴蝶共 18 种，2 种哺乳动物。你看仅一个湿地公园就有这么多的动物，可见丰台的生态环境是有多好，吸引了那么多动物来到这里生活，和人们愉快地相处。

我家附近还有一个花卉大观园，里面有很多植物馆，比如沙漠植物馆，里面种着仙人掌、沙棘、沙葱等耐旱的植物，还有其他各种珍奇花卉的植物馆，让人目不暇接。在这里还有各种飞禽，有时候还能赶上一场鹦鹉表演呢！

我家对面的嘉囿公园是一个绿树成荫的街心花园，里面有步道、篮球场、乒乓球场和儿童乐园，是周围居民休闲娱乐的乐园。现在又扩大了河边的两条小路，吸引了更多周边的人过来锻炼身体，夏天的夜晚还有绚丽多彩的灯光，很多老人和孩子们都过来拍照呢！

姥姥和我讲过一些关于丰台以前的往事，姥姥说在他们那个年代丰台区很破旧，街道很窄，很多地方都是土路，路边经常堆着很多杂物。平房很多，显得破破烂烂的，风一吹平房就像要倒了一样，摇摇欲坠的。而现在的丰台，街道几乎一尘不染，路边没有杂物，放眼望去一排排高大的楼房，和以前截然不同。丰台的自然环境也发生了翻天覆地的变化，原来到处都是光秃秃的，一旦刮起大风，漫天的黄沙，整个天空都变成了黄色。而现在，到了夏天绿树成荫，树叶挨挨挤挤连成了一片。现在的丰台，几公里内一定会有一个大公园，而每个小区周边几乎都会配套一个街心公园。生活在这样的地方，我感到十分幸福！

我爱我们的大丰台！

指导教师：李霖涛　和柳

京剧·青衣

黄子桐　北京

探访身边的高科技

耿瑞言　北京市丰台区嘉佑小学

丰台区正在以"五气"连枝为强大精神内核，谋划倍增计划、伙伴计划，扩展丰台"朋友圈"，助推丰台跨越发展。"五气"分别为大气、硬气、锐气、和气、雅气，枝叶连情，花开盛世，丰宜福台，共同谱写丰台高质量发展新篇章。其中，轨道交通、航天航空、金融科技等产业集群，赋予了丰台"锐气"的精神追求。以"锐气"为探索方向，今年寒假，我有幸参观了丽泽金融服务区，这里不仅是丰台区发展的新名片，更是首都金融业的新高地，充分体现了丰台区"五气"中的"锐气"精神。

走进丽泽金融服务区，首先映入眼帘的是一座座现代化的高楼大厦，它们像雨后春笋般拔地而起。这里还汇集了众多国内外知名的金融机构，它们在这里扎根、发展，共同构筑了一个金融生态圈，彰显了丰台区"五气"中的开拓创新从而催生的进取精神。

爸爸带我来到了由北京建工集团承建的丽泽数字金融科技示范园项目，项目部的叔叔们向我全面介绍了项目建设情况。他们用BIM技术模拟展示了项目建造过程，现代科技手段的运用，保障了施工建造的科学、有序。在叔叔的带领下，我戴上安全帽到工地现场参观，站在垂直、坚实的护坡边，我看到了有6个足球场大、深达 20 米的基坑。临近春节，工人还未停歇，继续忙碌着。与此同时，站在即将建成的工地中，旁边林立的是一幢又一幢高耸的现代写字楼，让人不禁向往这个工地建设完成后的壮丽辉煌的样子，更加期待丽泽商务区的发展壮大。叔叔们兴奋又自豪地邀请我："等到暑期，你再来这里看看工地的建造进展，观察建造过程，感受什么是科技＋狠活！"

参观结束后，我站在丽泽金融服务区的中心广场，远眺着四周的高楼，感受到了丰台区的现代化建设进程。通过探寻丰台"五气"中的"锐气"，我被科技的力量深深震撼并感悟到新时代的伟大变革。同时，我也从一个旁观者变成了一个参与者，融入了新丰台的发展中。

我为自己是一个丰台人而感到自豪，为丰台区取得的成就而骄傲。我相信，在不久的将来，丽泽金融服务区将成为全球金融的新高地，丰台区也将成为更加繁荣、更加宜居的新城区。

指导教师：顾临姝　骆秀娟

小提琴派对

许弈谦　香港

胡同一夏

杨熙子　首都师范大学附属中学

  我在北京胡同里长大。儿时对于这座城市的记忆，就是夏天高悬的蓝天白云，整齐的红墙灰瓦，一望无际的长巷和肆意生长的青苔。胡同的夏天，于我而言，好像童话书里的一个关于自由和热烈的美梦。

  从古至今，夏天对人们来说，一直是一个美好的季节。胡同里的夏天，慵懒又舒适。初升的阳光照着朱红的墙、排列整齐的鱼鳞灰瓦，显得格外温暖。胡同里居住的大都是老年人，或骑着早已生锈的自行车准备出去；或提着一个布袋子，慢悠悠地走着；或躺在摇椅上，手拿蒲扇和邻居们聊着家常。胡同中的一切都是旧旧的，充满了生活痕迹。各家的门总是敞着的，好像在欢迎客人去家中坐坐一样。从门边向里看，青苔爬上了低矮的墙，墙角堆放的杂物上又多了一个自行车铃铛，也是锈迹斑斑。在这里，时间好像放慢了脚步，唯一能判断时间的便是红墙围起来的那一方蓝天和太阳。

  夏天的午后，免不了的是娱乐活动。一条宽阔的胡同边，两位老大爷正激烈地下着棋，随着落子的清脆声音，围观的人群不时发出叫好声。穿过几条胡同，又传来一阵乐声，原来是几个老人围成一圈正在合奏乐器。那声音婉转动听，时而紧凑，时而温和，让人沉醉于其中。而胡同中的孩子们，则在街角杂货店门口的椅子上喝着"北冰洋"汽水，椅子坐满了，更是直接坐到门口的台阶上。喝完，把空瓶子扔在门口的格子箱里，拔腿就跑。不远处有推车卖冰棍的小贩儿，车上裹着棉被，掀开，凉意袭人，里面是一个个绿豆冰棍儿和山楂冰棍儿。较于杂货店里包装精美的"雪人""绿舌头"，这老牌的山楂绿豆却更吸引孩子们。剩下的一整个下午，孩子们吸着冰棍儿，在胡同里转悠。等老人们午睡醒了，太阳的光芒不再那样明亮，孩子们也该回家了。

夕阳的余晖洒在胡同里，你会发现这里是最有烟火气的地方。锅与铲的碰撞声、菜下锅爆裂开来的"噼啪"声、"帮个忙"的叫嚷声，伴着不断蒸腾的水汽，充实了胡同的傍晚。不久，随着天空逐渐由橙色变成紫红色，这些繁忙的声响逐渐消失，取而代之的是各家飘出的饭菜香。穿着白色跨栏背心的老头儿，手中提着保温饭盒，走街串巷，把自己的手艺带给邻里好友们。这一刻，空气中不仅飘着饭菜的香味，更氤氲着胡同里的人情味。

指导教师：张萍萍

天坛

真雯熙　北京

冰糖葫芦

任博雅　首都师范大学附属中学

　　人人都说北京城就像一块豆腐，四方四正。城里有大街，有胡同。于是胡同就把京城分成一块一块的。我的心也像豆腐，而杨梅竹斜街却在这块豆腐上留下了糖葫芦味儿的痕迹。

　　我从小便在杨梅竹斜街生长。外面十分简单，里面十分复杂；外面十分平凡，里面十分神奇。这便是杨梅竹斜街的特点。

　　刚一睁眼，窗外便是阵阵吆喝："王致和的臭豆腐嘞！"又或是"新炸的焦圈配着咸菜正正好嘞！"我仍期待着。直到一声："糖葫芦儿来喽！"一听那浑厚的粗嗓门和那标志性的儿化音，我就知道，这下准错不了！也顾不得什么衣着穿扮，飞也似的冲下了楼。

　　"老李，今儿您出摊啊？"我兴冲冲地嚷着。老李做糖葫芦出了名的。他那双永远笑着的眼睛和脖颈后面挂着的一条灰色的毛巾也是出了名的。因为他经常在这里出摊，和我们这帮孩子混熟了，所以大家都没大没小地管他叫"老李"。他老人家倒是也不生气，还逗趣儿似的应和着我们。老李和我们还有一个约定：每天在家做功课表现好的孩子，都可以在下午帮他打下手做糖葫芦。这下大家都认真起来了，个儿比个儿用功。这回，终于轮到我来体验"糖葫芦小师傅"的工作了。

老李见我来了，便扔给我一个围裙和一双一次性手套。而我则看着眼前琳琅满目的工具和一大箩筐山楂犯了难。老李看着我笑了，眼角现出两缕淡淡的皱纹："从前啊，我们可都是要凌晨起床，自己动手一支糖葫芦一支糖葫芦地穿啊。但是现在不同了，瞧这个宝贝！"我顺着他手指的方向看过去：果真是一个银色的大家伙正伫立在老李糖葫芦车的台子上。有了它，只要把扦子固定好再设置糖葫芦个数就可以制作完成了！我和老李将其命名为："糖葫芦串串机"。

老李娴熟地将简易的灶台拨开，将白花花的糖粒像雪花一样落进锅里，开始熬糖。

"明明都是现代化技术可以解决的问题，为什么这道工序不用机器解决呢？"我禁不住问。

看着锅里的糖浆变得愈发浓稠晶莹，老李缓缓开口："你瞧，这糖色是最考验火候的了，少一分则生硬，多一分便绵软。有的事确实可以靠技术解决，但是老祖宗留给我的这项手艺，最终还是要靠真心啊……"

我连忙将糖葫芦探进锅里，让它在我和老李的手中完成了最"耀眼"的蜕变。一颗颗山楂身上包裹的是闪着光的精华荟萃，更是匠心的传承与不懈的坚持。

杨梅竹斜街边的槐树长成了，层层的绿荫在胡同的砖地上织成密密的网。这用叶子织成的网上，有欢快的脚步，有清脆的笑语，深吸一口还有淡淡的糖葫芦的甜香。

指导教师：张萍萍

快乐的猪

刘尚儿　香港

寻味燕山脚下

张语轩　首都师范大学附属中学

　　我的家乡是燕山脚下的北京，那里蕴藏着家的味道。

　　秋天，景山公园的山脚下，一树树的银杏叶子，金灿灿的，一丛丛的枫树叶子，红彤彤的，一阵风吹过，黄的，红的，满天摇曳着、飞舞着。拾级而上，享受着满山的清香，脚下的步伐也变得格外矫健。从山顶放眼望去，豁然开朗，我闻到古老的北京城散发着自然和人文的清新的味道，令人如饮甘泉，如听仙乐，陶陶然忘归。

　　四合院中，一张棋盘，几枚棋子，几个小时过去，一退一进，棋子在棋盘上来回移动，偶有妙手，便得连连惊呼。"卖豆腐脑儿，新鲜的豆腐脑儿……"远处的吆喝声，姥姥在厨房叮叮当当的做饭声，咿咿呀呀的戏曲声，交织传递入耳，四合院的清晨活了起来，阳光透过树叶的缝隙洒在院里，形成一片片光斑。院子里的银杏树悄然换上了金黄色的外装，片片落叶如同只只金色的蝴蝶，在秋风中追逐落地。扫地的老奶奶碎步乱踩，扫帚挥舞追赶着这些落蝶，终不及它们的速度，回头作罢继续扫起前面的路面。这些调皮的音符，奏响了秋天的欢乐！院子里的石榴树，终不会默默无闻，乒乒乓乓挂果满枝头，红彤彤的石榴，像一个个小灯笼，在阳光下闪耀着诱人的光芒。院里弥漫着花草树木浓郁的香气，让人感到心旷神怡，吸引着忙碌的脚步停下来坐坐。

老人们坐在屋檐下，悠闲地喝着茶，聊着天。他们手中的茶杯升腾着热气，茶香四溢。旁边的花盆里，各种鲜花争奇斗艳，散发着芬芳的气息。李爷爷骄傲地指着他的花，"看，我的月季，赶明儿我得种一墙的月季，让它成为年轻人最爱的打卡点"。"哈哈哈，这李老头最会赶时髦。"王爷爷一边吹滚着手中的茶水一边乐呵呵地捧着。屋檐下，鸟笼里的麻雀欢快地跳跃着，伴随着人们的谈笑声，"叽叽喳喳"地叫着，仿佛在为新的一天欢呼。孩子们都晨起出来啦！院子里更欢腾了，他们嬉笑玩耍，组合跳绳，花样踢毽子，甚至还有小弹珠玩，欢声笑语回荡在整个四合院里。厨房里"叮叮当当"的声音换来了满桌的热乎餐食，大树下的一家人挨坐在一起，这美味的早餐充盈了味蕾，满足了食腹，也填满了心头，那是家的味道，全是暖意，全是爱。

秋日的故宫，红砖与黄瓦叠合在一起，整个建筑群金碧辉煌，白石底座，雍容华贵。在城外，更是有着绵延几十公里的长城，一块块巨石，一座座烽火台，散发千年历史醇厚的味道。

北京就这样，年年走下去，而家乡的味道，永远环绕在北京城中。

指导教师：张萍萍

凌波仙子

湛沚桓　香港

我爱未来北京

王芸淇　北京市通州区中山街小学永顺校区

　　听妈妈说，在很多年前，人们上月球还是一个神话，没想到科技发展得这么快，宇航员已经可以随时登上月球了。所以我想我们的北京未来也会发生很多我们现在做不到的事情。

　　我觉得未来北京的空气会很干净，因为那时候我们给每一辆汽车都安装了空气净化器。这样汽车尾气排出来的时候已经变成了非常新鲜的空气。我们还制造了一个非常大的空气净化管道横跨整个北京城的地下。这个净化器可以把全部的脏空气都给吸到里面，再经过处理排出新鲜的空气。那时候的北京就像一座大花园，抬头望去，云朵就像棉花在蓝蓝的大海上漂浮着，漂亮极了。我们再也不用担心空气不好会引发各种疾病了。

　　我觉得在未来的北京，我们还不需要担心拥堵的交通。因为人们可以买到一种飞行背包，这个背包里面设置了智能机器人和智能地图。我们想去哪里就可以打开背包摁下按钮一飞冲上天空，沿着预设好的空中道路飞到任何想去的地方。你还不用担心安全问题，因为内置的机器人是无敌的。当然，我们的交通警察也不需要人工了，未来的北京一定都是智能机器人做交通警察了。

　　我觉得在未来的北京，每一个小区的垃圾站都会有几个专业的垃圾处理机器人，我们不会再看到脏乱差的垃圾桶。这几个机器人在每天早上七点前去收集每家每户的垃圾并且进行分类整理，然后由垃圾车运送到不同的处理厂。而且这些垃圾经过处理，还能及时被整个城市所利用。比如有一些厨余垃圾会被焚烧产生沼气，这些沼气源源不断地被输送到千家万户代替天然气的使用。

在未来的北京，学校也发生了很大的变化。我们再也不需要背上沉重的书包，因为我们的书变成了电子的。你想翻哪页你都可以用一个遥控器去实现。当然你也不用担心眼睛近视。因为我们已经研发出来一种专业的学习眼镜来保护我们的眼睛。

你看！未来的北京多美丽多方便，那么让我们现在就一起动动脑筋，努力把这个愿望一起实现吧！

祝福香港

朱羽恬　香港

我的北京"拾"光

张馨允　北京市景山学校远洋分校

我的爸爸妈妈都不是北京人,他们通过高考来到了北京,又通过公务员考试留在了北京,我的妈妈是来自云南的彝族。妈妈经常跟我交流,说正是因为优越的制度设置和公平的制度执行,在北京举目无亲的她才有机会留在这里,从而实现自己的个人价值和社会价值。其实,我何尝不是呢?不同的是作为"迁二代"的我,从出生在北京那天起,我就有幸享受到了更好的资源和平台。

在学校里,我们拥有可能比祖国任何其他地方都多的优秀老师,他们用自己的智慧和耐心,引导我在知识的海洋中遨游。科技竞赛、艺术表演、冰雪运动,多姿多彩的活动让我有机会充分展现自己,发现自身的无限可能。在这里,我学会了竞争与合作,明白了只有不断努力才能追求卓越!

课余时,我可以自由地走在胡同小巷,倾听岁月的呢喃。古老的四合院,红墙黄瓦的宫殿,感受古都的厚重和辉煌,汲取博学广识的养分。无处不在的现代科技,随处可见的古建遗址,让我最大可能地一手翻阅历史一手触摸未来。在北京,可能比生活在任何其他地方都更让我懂得珍惜现在,拥有坚定创造更美好未将来的信念。

在生活中,我的同学籍贯几乎遍布全国各地,但我们一起分享彼此的故事和梦想，我既可以跟大家一样，也可以穿上自己的民族服装录段小视频发布，充分展示个性，接受平等的对视和真诚的欣赏。虽然居长安、大不易，北京可能比其他任何地方都要求更高的知识储备，需要我们付出更多的努力和汗水，但正是这些属于北京的压力，才让我更有了不断奋发和拼搏的动力。我学会了合理安排时间，提高学习效率，也培养了坚韧不拔的意志。

在北京生活的十余年时光里，我捡拾到了太多，逐渐明白生活是一场充满挑战与机遇的旅程，开放、包容是北京的品格，也是给生活在这里的每个人心灵滋养和培塑。我需要做的，我可以做的应该是抓住每一个机会去努力生长，让每一刻都变得有意义，终有一天通过追寻实现自己的梦想，为北京这座城市增添一抹属于自己的光彩！

两只猫

陈心悦　香港

糖墩儿的小故事

张郁芊　北京市西城区师范学校附属小学

一提到北京，大家可能首先想到的是天安门、故宫、什刹海、南锣鼓巷……但是，在这些著名的地方，还会有一种美味来添加色彩，添加温暖，添加京味儿。这就是——冰糖葫芦。

冰糖葫芦又叫糖墩儿，是我们北京的传统小吃，用竹签把山楂、草莓、香蕉、葡萄等水果串成串，裹上麦芽糖稀，水果一块块鼓起小肚子，就像葫芦一样。我最喜欢山楂做的糖葫芦，吃起来酸酸甜甜，看上去，一串串冰糖葫芦仿佛红红的小灯笼，脆脆的糖衣在阳光下闪闪发亮。

还记得八岁那年我第一次见到冰糖葫芦时的情景。那是一个冬天的下午，我和大姨、妹妹走在后海的街道上，老远就听到"冰糖葫芦！冰糖葫芦！"的叫卖声。一位老奶奶推着三轮车迎面朝我们走来，三轮车上插着各式各样的冰糖葫芦。三轮车离我们越来越近，冰糖葫芦的香味儿也越来越浓。一股甜丝丝、馋得人牙痒痒的味道随着微风飘进我的鼻子里，久久不能散开。我被味道所吸引，目不转睛的盯着这个我从来没见过的、这么诱人的"葫芦"。

"又香又甜，好吃不腻的冰糖葫芦 5 元一串嘞！"吆喝声从老奶奶口中传出，老奶奶慈祥地看着我们，更加吸引我的注意。我禁不住诱惑，拽拽大姨的衣角，说："大姨，葫芦……葫芦，我还没吃过哩！"两串诱人的冰糖葫芦成功地到了我和妹妹的手上。

我和妹妹在河边的长椅上坐下，开始品尝冰糖葫芦。只听"咔嚓"一声脆响，裹在表面的冰凉的透明糖在我嘴里炸裂开来，一股甜甜的味道在我口中蔓延。紧接着，酸酸的山楂味儿也刺激着我的味蕾。山楂很酸，但是和糖巧妙结合，那种酸酸甜甜的味道再遇上冰凉清脆的口感，实在是妙不可言。嚼一嚼，山楂里面的果肉还沙沙的，又像是在吃山楂味的冰沙，让人吃完一个忍不住还想吃下一个。

吃着外甜内酸的冰糖葫芦，我不禁想到，是什么样的人做出了这么好吃的糖葫芦呢？你看，每一颗山楂都是圆乎乎、大小一致，一定是经过了精挑细选；糖衣晶莹剔透，一定需要一丝不苟的控制火候。这技艺是手艺人日复一日练习、精益求精雕琢的结果吧！

正当我陷入沉思时，妹妹的声音将我拉回现实："姐姐，我的冰糖葫芦吃完啦，咱们回家吧！"我还在思索着，也许我的人生也该是这样的一个过程吧，努力做好每一件小事，点滴积累，成就一个糖葫芦一样红红火火的人生故事吧。

兔儿爷

涂子涵　北京

我的家乡是北京

朱玥儒　北京史家小学

　　我的家乡是北京，它既是古老的，也是现代的。

　　这里从建城到现在已经有3000多年的历史，850多年前建都，是辽、金、元、明、清五代帝都，还举办了闻名世界的国际奥运会。这里有古老的天安门、长城、故宫、颐和园等著名景点，也有现代化的鸟巢、水立方和国家大剧院等高科技场馆。

　　这里有数不清的美食，烤鸭、铜锅涮肉、老北京炸酱面、炒肝、爆肚、卤煮、豆汁儿等等。这里面最让人喜爱的莫过于烤鸭，它色泽金黄，皮脆肉嫩，抹上甜面酱，配上黄瓜、葱丝，薄薄的饼一卷，好吃到停不了口，这才有"不到长城非好汉，不吃烤鸭真遗憾"的说法。但能让人心中一"紧"的当数豆汁儿，它味道酸爽醇厚，是京城夏天的消暑神器，也是老北京独具特色的传统小吃，据说早在辽宋时期就已在北京地区盛行，清乾隆年间成为"宫廷饮料"。喝豆汁儿的最佳拍档是嘎嘣脆的焦圈和微微辣的小咸菜，凑在一起是满满的老北京仪式感，趁热嗍上一口，保证让你"神清气爽"。豆汁儿，喜欢的是一天不喝就不过瘾，不喜欢的则是"一言难尽"得难以下咽了！因此民间还有"没有喝过豆汁儿，不算到过北京"的说法，这恐怕是来北京最难过关的一个检验了。

北京的一年，四季分明。春天，微风拂面，我们会呼朋唤伴地在胡同里面骑行；夏天，酷热炎炎，我和小伙伴们一起去北海、景山、颐和园……赏花、看景，爬山、划船；秋天，天高云淡，来到香山则会看到层林尽染，万山红遍；到了冬天，就是我的快乐时光，雪花飘飘，挂满枝头和屋顶，堆雪人、打雪仗、溜冰、滑雪，让人玩得不亦乐乎。

北京是一座开放而又包容的城市，在这里你可以汉服古装，也可以西装革履，既可以裤衩背心，也可以运动休闲。可以在戏园子听京剧、秦腔、昆曲等传统戏曲，也可以在大剧院中欣赏交响乐、芭蕾舞；可以在街边、公园唱上一首流行歌曲，也可以到茶馆、剧院看一场相声、话剧表演。

这里，总能找到你志同道合的朋友。

生活在北京，我感到很幸福！我爱我的家乡，希望你们也能爱上它。

北京梦

原野　北京

我眼中的北京

陈梓瑄　北京市朝阳区日坛小学

北京，你的一面是高楼大厦，繁华都市，可谁能不说你有着更美的山水生灵呢？

那秋日的香山一直是我向往的地方。蓝蓝的天空，柔柔的云彩，绿绿的草地，绘成一幅和谐自然的图画。上山去，翠绿的柏树，丝毫没有松懈，坚持守护着山上的风景。伴着枫叫妹妹们"啪啪"的掌声，秋姑娘悄悄地来到了四季的舞台上。她轻轻一挥画笔，大地就成了另一番景色，不信你看：一阵凉爽的秋风吹过，银杏叶宝宝们换上了黄绿相间的演出服，快乐地跳起了拉丁舞。我相信，那裙摆上漂亮的花边一定是秋姑娘缝上去的！真是奇妙！

还记得那颐和园的湖水吗？清澈见底，许多小鱼在那里嬉戏。湖水里的荷花可多了，千姿百态。有的还是花骨朵儿，胞胀得马上要破裂似的；有的已经绽开了两三片花瓣，就像一个亭亭玉立的仙女在跳舞；还有的完全开放了，露出黄色花蕊，真可爱！透过阳光能够看到水面滴浮萍，随着芙蓉在微风中摇曳，好自在！

古老的钟声响起，将我带到了美丽的运河畔。夜幕降临，运河畔的灯亮起来了，五光十色的灯汇成了一道亮丽的风景。有的灯一闪一闪的，像繁星，使周围的景致半明半暗，那份朦胧美引得人们连连称奇；有的灯就像盛开的花朵，照的周围晶莹透亮，似乎要把运河畔的美全部展示给人们；还有的灯光汇在一起，好像一道彩虹，亮在河面，也亮在了人们的心头上。还有的灯紧贴桥身，五颜六色的，亮成了独特的风景。走在这样的灯光里，心里有无尽的光明，也有无尽的喜悦。夜深了，热闹非凡的运河畔又恢复了宁静，在夜色的照射下，显得更加美丽迷人。

　　我爱你，北京！

送幽州陈参军赴任寄呈乡曲父老
　唐·卢照邻
　蓟北三千里，关西二十年。
　冯唐犹在汉，乐毅不归燕。
　人同黄鹤远，乡共白云连。
　郭隗池台处，昭王尊酒前。
　故人当已老，旧壑几成田。
　红颜如昨日，衰鬓似秋天。
　西蜀桥应毁，东周石尚全。
　礼贤会彭学高纪念中学

卢照邻《送幽州陈参军赴任寄呈乡曲父老》

姚语璇　香港